爱岛的男人

二十世纪外国文学大家小藏本

〔英〕D.H.劳伦斯 / 著

黑马 / 译

The Man Who Loved Islands

人民文学出版社

D. H. Lawrence
The Man Who Loved Islands
根据 D. H. Lawrence Selected Short Stories，Penguin Books 1989 年版译出。

图书在版编目(CIP)数据

爱岛的男人/(英)D. H. 劳伦斯著;黑马译. —北京:人民文学出版社,2017
(蜂鸟文丛)
ISBN 978-7-02-013325-3

Ⅰ.①爱… Ⅱ.①D…②黑… Ⅲ.①中篇小说—小说集—英国—现代②短篇小说—小说集—英国—现代 Ⅳ.①I561.45

中国版本图书馆 CIP 数据核字(2017)第 213869 号

责任编辑	张海香
装帧设计	刘　静
责任印制	徐　冉
出版发行	人民文学出版社
社　　址	北京市朝内大街 166 号
邮政编码	100705
网　　址	http://www.rw-cn.com
印　　刷	三河市西华印务有限公司
经　　销	全国新华书店等
字　　数	46 千字
开　　本	787 毫米×1092 毫米　1/32
印　　张	7 插页 4
印　　数	1—6000
版　　次	2018 年 10 月北京第 1 版
印　　次	2018 年 10 月第 1 次印刷
书　　号	978-7-02-013325-3
定　　价	30.00 元

如有印装质量问题,请与本社图书销售中心调换。电话:010-65233595

D.H. 劳伦斯 (1885—1930)

英国作家、诗人。生于矿工之家，毕业于诺丁汉大学学院。自幼习画、写作。在短短二十年的写作生涯中，出版了十二部长篇小说、七十多篇中短篇小说、多部诗集、大量散文随笔和一些翻译作品，举办了画展，出版了绘画集，是英国现代文学艺术领域内罕见的通才。身为作家，其小说创作跨越了写实主义和现代主义两个阶段，甚至颇具后现代主义的审美潜质。其散文随笔鞭辟入里，汪洋恣肆，颇具可读性。

本书收录劳伦斯六篇中短篇佳作，由劳伦斯译者、研究者黑马选编和翻译，囊括作家中短篇小说创作的初期、中期和后期三个阶段，可较为全面地呈现他的文学成就。

D.H. 劳伦斯
D.H.Lawrence

出版说明

二十世纪,世界文坛流派纷呈,大师辈出。为将百年间的重要外国作家进行梳理,使读者了解其作品,人民文学出版社决定出版"蜂鸟文丛——二十世纪外国文学大家小藏本"系列图书。

以"蜂鸟"命名,意在说明"文丛"中每本书犹如美丽的蜂鸟,身形虽小,羽翼却鲜艳夺目;篇幅虽短,文学价值却不逊鸿篇巨制。在时间乃至个人阅读体验"碎片化"之今日,这一只只迎面而来的"小鸟",定能给读者带来一缕清风,一丝甘甜。

这里既有国内读者耳熟能详的大师,也有曾在世界文坛上留下深刻烙印、在我国译介较少的名家。书中附有作者生平简历和主要作品表。期冀读者能择其所爱,找到相关作品深度阅读。

"丛书"将分辑陆续推出,"蜂鸟"将一只只飞来。愿读者诸君,在外国文学的花海中,与"蜂鸟"相伴,共同采集滋养我们生命的花蜜。

人民文学出版社编辑部
二〇一六年一月

译 本 序

在天才辈出的二十世纪英国文坛上,既拥有众多的忠诚追随者,又引起激烈争议、招来众多的反对者,这样的作家恐怕只有 D. H. 劳伦斯一人了(David Herbert Lawrence,1885—1930)。只是在他谢世多年之后,笼罩在他卷帙浩繁的作品上的阴霾才逐渐散去。他的创作终因其对摧残人性的工业文明的抗议、为人性解放的可能性所做出的努力以及帮助当代人从虚伪的道德羁绊中得到解脱的"真诚不懈的渴望"吸引了众多读者,魅力与日俱增。① 在艺术上,正如他的同胞批评家 F. R. 利维斯所言:劳伦斯"虽然不是莎士比亚,但他

---

① 米哈尔斯卡娅:《论 D. H. 劳伦斯》,选译自《1920—1930 年代英国小说的发展道路》,莫斯科高校出版社 1966 年俄文版,译文见黑马《文明荒原上爱的牧师》,新星出版社 2013 年中文版,第 375 页。

有天分,他的天分表现为奇迹般敏锐的洞察力、悟性和理解力"。① 他的天分特别表现在"诗意地唤起景物、环境和氛围"方面。②

劳伦斯生于矿工之家,毕业于诺丁汉大学学院师范班,当过工厂职员和小学教师。自幼习画,练习写作。在短短二十年的写作生涯中,出版了十二部长篇小说,七十多篇中短篇小说,多部诗集,大量的非虚构作品和一些翻译作品,还举办了画展,出版了绘画集,在现代绘画实践上亦是英国现代作家第一人。其画论颇具天马行空风范,见解超凡脱俗。其散文随笔鞭辟入里,激情四射,很有几篇可传世,他的文艺批评随笔还为他赢得了优秀批评家的美誉。③ 这样非凡的成就造就了一个难得的文艺通才。

劳伦斯在虚构作品上的成就首推其几部长篇大作如《虹》《恋爱中的女人》和《查泰莱夫人的情人》,前两部还被"文化研究"伯明翰学派创始人

---

① F. R. 利维斯:《共同的追求》,企鹅出版社 1963 年英文版,第 236 页。
② F. R. 利维斯:《小说家劳伦斯》,企鹅出版社 1981 年英文版,第 17 页。
③ 同上,第 15 页。

霍加特称为英国现代长篇小说的"双峰"之作。但与这些长篇小说相生相伴的中短篇小说创作亦是他虚构作品的半壁江山,劳伦斯善于在中短篇里以精巧的构思和细腻的手法勾勒动人的故事,营造特定环境中的个体生命美的意境,与长篇的大开大合形成有趣的对比,相得益彰。而且有的中短篇小说里的人物恰恰逐渐"成长"为日后长篇中的人物。因此我们很有必要考察一下劳伦斯中短篇小说的嬗变①。劳伦斯的中短篇小说大致划归为三个创作阶段。在这期间劳伦斯的创作完成了从写实主义到现代主义的自然演变,甚至颇

---

① 这一部分的具体参考书目为:
Introduction by Anthony Artkins, *The Prussian Officer and other Stories* by D. H. Lawrence, Oxford, 1995.
Introduction by Michael Bell, *England, My England and Other Stories* by D. H. Lawrence, Penguin, 1995.
Introduction by N. H. Reeve, *The Woman Who Rode Away and Other Stories* by D. H. Lawrence, Penguin, 1996.
Introduction by Brian Finney, *Selected Short Stories* by D. H. Lawrence, Penguin, 1989.
Introduction by Keith Saga, *The Complete Short Novels* by D. H. Lawrence, Penguin, 1990.
Weldon Thornton: *D. H. Lawrence, A Study of the Short Fiction*, Twayne Publishers, New York, 1993.
Kingsley Widmer: *The Art of Perversity: D. H. Lawrence's Shorter Fictions*, University of Washington Press, 1962.

具后现代主义的审美潜质。

劳伦斯写作初期(一九一四年前)继承的是以哈代和乔治·爱略特为代表的浪漫写实主义风格,但有所创新,从一起步就在继承传统写实主义的同时向现代派借鉴,虽然最终并没有完全成为后来人们推崇的典型的那一批现代派作家,如乔伊斯、普鲁斯特、艾略特和吴尔夫,而是另辟蹊径,自成一家。收在本书中的《受伤的矿工》《施洗》《干草垛里的爱》和《肉中刺》就属于这个阶段的创作。

《干草垛里的爱》应该说是老套的写实主义作品:一幅幅浓淡相宜的英国乡村风景画如琼浆佳酿般醉人,纯朴幽默的二十世纪初英国农民形象跃然纸上。福克斯曾言,劳伦斯是"了解英国乡村和英国土地之美的最后一位作家"[①]。但劳伦斯在这个基础上有所突破和创新,因为他更与这温馨风景中的英国劳动者心灵相通、血脉相连。这样的景物中一个平实温婉的爱情故事,其高度

---

① 福克斯:《小说与人民》,作家出版社 1957 年中文版,第 105 页。

艺术化的传达使文本的阅读享受大大超越了故事本身,成为对英国乡村审美的亲历和对英国乡民心灵的造访。在这个故事里,劳伦斯已经开始注重揭示人物的潜意识,因此而部分地放弃了严密的叙事形式,叙事结构趋于松散,情节及其发展并没有传统小说里的缜密逻辑和因果关系,一些看似次要的段落反倒成为揭示人物内心的重要线索。恰恰是这种现代叙事形式赋予了这个传统故事以阅读的魅力,否则它就流于一般,仅仅是"乡村和土地之美"的牧歌而已。同一时期创作的不少优秀短篇小说都是写实文学的蓝本,但又都在现代叙事上开始有所突破。值得一提的还有《白长筒袜》和《牧师的女儿们》等,后者还是《查泰莱夫人的情人》的雏形。

　　早期的业余创作期正是劳伦斯在生活上捉襟见肘、爱情上迷惘焦灼的时期,却是他在文学创作上生机勃发、清纯质朴的时期。这些小说取材于作者最为熟悉的故乡诺丁汉小城小镇生活,人物性格鲜明,叙述语言清新细腻。浓郁的地方风情和草根人民的道地口语,是其他同时代的英国作家们所难以企及的品质。劳伦斯成为当时伦敦文学界突然闪烁的一颗新星,凭的就是这种鲜活、灵动和血运旺盛的文字。这段时间的写作为劳伦斯铺就了通往大师地位的最初一段石子小径。看一个大师成名前的小说如何精雕细琢、苦心经营,方能洞悉大师何以成为大师的轨迹。

一九一五年至一九二二年属于劳伦斯短篇小说甚至包括长篇小说的第二个创作期。这几年间发表的中短篇小说基本上都有第一次世界大战的背景。从现实的角度说,第一次世界大战彻底改变了大英帝国在世界上的地位,如人们常说的,英国为欧洲和平充当了主力,结果是英国自己从此下降为二流国家,一蹶不振,帝国的威风和辉煌不再。劳伦斯和很多作家一样是所谓的"良心反战者",但他与其他和平主义者的不同之处是,他认为这场战争从根本上说是英国的工业主义与德国的军国主义之间的矛盾造成的,两者皆为恶。他在大战期间因健康原因不能上战场,只能留在后方,耳濡目染、亲身经历了英国国内的种种病态现状,所以他的作品都是间接触及战争的。这一阶段的主要作品当然是《英格兰,我的英格兰》,此外还有《玩偶上尉》《狐狸》《你摸过我》和收入本书的《买票嘞!》。这些作品除了《英》中有一小部分战场情节之外,都不是直接描写战争的,而是写国内的人们,特别是两性之间的"战争"。这些作品因为少了战争的直接动态因素,反而更加深入地对人性和人的心理进行挖掘,作品的情感张力得以强化。《买票嘞!》则在写实与心理暗示上达到了极致,不仅生动地描述了英国中部乡村小镇被一条有轨电车穿起的风貌和风俗民情,也深刻地揭示了战争期间后方女多男少的情形中下层劳动女性的性苦闷及由此带来的无意识的性暴力,这种潜在的性压抑甚至是她们自己都没有完全意识到的。而这种暴力又与战争的大范围暴力相互映衬。

一九二三年至一九二八年大约是劳伦斯小说创作的第三个阶段,这个时期劳伦斯的小说比前两个时期的小说更加难以被"梗概",因为他的创作晚期是一个频繁变幻的实验期,他开始尝试更为极端的写作方法,笔触伸向宗教、神话、寓言、童话和讽刺喜剧小说。他游历美洲并再次羁旅南欧,阅历更为丰富,对生命的反思日趋深刻,其中对墨西哥的阿兹台克文明和南欧的伊特鲁里亚文明的探索和体验,还有对弗雷泽的人类学巨著《金枝》的研读,对他的文学创作产生了深刻影响。

《爱岛的男人》以人间童话寓言的叙述语言开始,只是没用"从前有个……(Once upon a time)",而是"There was a man who loved islands."同一时期的《木马赌徒》也被认为是现代寓言,开篇句式相同:"There was a woman who was beautiful..."《爱岛的男人》灵感来自劳伦斯的一次赫布里底群岛的旅行,那里的岛屿和岛湖让他感觉是世界的晨曦时分,如同《奥德赛》一般的氛围。它貌似现代的《鲁滨孙飘流记》,又令人想起当代英国小说家戈尔丁的《蝇王》,从本质上说是对英国文化传统中"岛屿意识"的继承,同时又颇具创新。它集逃避、隐士、探险、拯救、嘲讽、自嘲于一体,整篇故事与童话的海景交织,被认为是二十世纪文学里最难忘的篇章,其叙述语言与作者意欲表达的理念完美相容,可以说是一场孤独的狂欢,是文字的盛宴。这样的小说似乎已经是后现代小说的文本了。

希望这个精短的选本能对读者有窥一斑而知全豹的作用,领略劳伦斯三个创作阶段的风格。

　　　　　　　　　　　　　　　黑马

目　次

受伤的矿工 ………………………………… *1*

施洗 ………………………………………… *15*

干草垛里的爱 ……………………………… *33*

肉中刺 ……………………………………… *102*

买票嘞！ …………………………………… *136*

爱岛的男人 ………………………………… *159*

受伤的矿工

他配不上她,大伙儿都这么说。可她不后悔嫁给了他。他十九岁上就来求婚了,那会儿她二十。他是人们称之为精瘦的小个子那种人,矮个儿,黑皮肤,一脸的热情,昂着头,挺着胸,走起路来神气活现,让人想起一只交尾季节的鸟儿,浑身紧绷绷的充满活力。他是个好样儿的工人,在矿上挣着一份优厚的薪水。他家境不错,攒下了点儿钱。

她是"高地"餐厅的厨娘,高挑个儿,皮肤白皙,文文静静的。霍斯普在街上看到她,就开始在她身后尾随,从此对她紧追不放。他不喝酒,人也不懒惰,尽管有点头脑简单不算聪明,但浑身充满了活力。她掂量了掂量,还是答应跟了他。

他们婚后就搬到斯卡基尔街住了。那座很像样的宅子有六间房,装修是他们自己做的。这条街沿着长长的陡坡而建,街道很窄,不像街道,倒像隧道。房子后面俯瞰着邻近的牧场,那是一片宽阔的谷地,有农田,有树林,谷地的底部是煤矿。

他在自己的家里俨然是一家之主。而她对矿工的生活方式则一点也不熟悉。他们是周六晚上结的婚,可周日晚上他就说:

"把我的早饭摆在桌上,把我下井用的东西都放在火炉跟前。我得五点半就起来。你什么时候想起再起来。"

他教她怎么用报纸铺在桌上当桌布。她刚一表示不同意,他就说:

"大清早儿的我可不要你的白桌布。我让你凑合你就得学会凑合。"

他把他的厚毛头布裤子、干净的背心或者说是厚法兰绒坎肩儿、一双长袜子和井下穿的靴子一一摆放在炉前烤热了,以备明早穿。

"你看明白了?每天晚上都得这么准备。"

五点半他离开了她,根本没说句再见,穿着衬衫就下楼去了。

他下午四点回到家里时,晚饭已经给他准备好了。他一进来就把她吓了一跳:一个矮小健壮的人,脸上一条条的黑道子,黑得难以形容。她身着白罩衫,围着白围裙站在炉前,白白静静的,纯粹是一幅美人儿图。他穿着沉重的靴子笨重地走了进来。

"今天过得怎么样?"他问。

"我准备好了,就等你回来呢。"她温柔地说。他一脸黑,棕色眼睛里的眼白冲她闪动着。

"我也盼着回来呢。"说着他把他的马口铁水壶和午饭包放在碗柜上,脱下外衣和坎肩儿,摘下围巾,拽过扶手椅坐在炉前。

"吃饭吧,我饿坏了。"他说。

"你要不要先洗洗呀?"

"洗什么洗?"

"唉,你不能这么就吃——"

"噢,得了吧,太太!我在井下不是也不洗就吃午饭?上哪儿洗去呀?"

她端上饭菜,坐在他对面。他一头一脸全是黑的,只有眼白还是白的,嘴唇是鲜红的。看到他张开红嘴唇露出白牙来吃饭,她感到心里不是滋味儿。他的胳膊和手上沾着一块一块的黑;他那壮实的脖子黑得不那么厉害,因为有领子挡着,这还让她心里舒坦点儿。屋里有一股井下的味道,让人难以说出是什么味儿,潮乎乎的呛人。

"你的小褂儿肩膀那块儿怎么那么黑呀?"

"我的坎肩儿?是顶子上往下滴答水闹的。这件是干的,我上来时换上的。那儿有几个大衣架,我们换好衣服就把湿的搭那上头晾干。"

他跪在炉前地毯上光着膀子洗起来,这样子令她又害起怕来。他一身的肌肉,似乎十分专注地干着自己的事,心无旁骛,就像一头健壮的动物。他站起来擦着身子,赤裸的胸脯正对着她,看到他粗壮的胳膊上鼓起的肌肉,她不禁感到有点厌恶。

不过他们总的来说还是幸福的。有这样的老婆他真是骄傲得什么似的。井下的男人们尽可以拿他开涮,尽可以想法子把他从老婆身边引走,但他们怎么也不能不让他为自己的老婆感到骄傲,什么也不能削弱他那近乎孩子般的满足感。晚上他坐在扶手椅中跟她聊天,有时听她念念报纸。

· 爱岛的男人 ·

天气好的时候,他会到街上去,像其他矿工们那样蹲在地上,背靠着自家客厅的墙根儿,和过路的人逐个儿打招呼。要是街上没有过路的,他会照旧心满意足地蹲着抽烟。家境这么富足,怎能不满足呢?这媳妇算是娶对了。

他们结婚还不到一年,布兰特和威尔伍德公司①的工人们就开始罢工了。威利参加了工会②的罢工,所以他们的日子开始紧巴起来。家具钱还没有付清,又欠了新债。她发愁,费尽了心思,他则把这些往她这边一推了事。不过他是个好丈夫,把自己挣的钱都交给她管。

罢工闹了十五周才结束。回矿上工作还不到一年,威利就在井下事故中受了伤,膀胱破了。在巷道里,医生说要送医院。可这年轻人昏了头,疯狂地大叫起来,半是因为疼痛,半是因为怕上医院。

"你回家吧,威利,你应该回家去。"管事

---

① 这是个虚构的煤矿公司名。当年伊斯特伍德的矿业公司名称为 Barber Walker & Co.。
② 这里指诺丁汉郡矿工协会。协会的会员参加罢工可以得到每周十先令的罢工补贴,相当于一个矿工周薪的三分之一到四分之一,另外还给十三岁以下儿童每人一先令。

的说。

有个小伙子通知她准备好床。她二话没说,立马就铺好了床,可是当救护车到达时,她听到了他挪动时疼得直叫,她感到自己几乎要垮了。人们把他抬了进来。

"您应该把床支在厅里,太太,"管事的说,"那样等会儿我们就用不着费劲往楼上抬他了,也省得您上上下下地跑腿儿。"

现在说这话太晚了。他们已经把他抬上了楼。

"他们让我躺在那儿,露茜,"他叫着,"让我在煤堆上躺了俩钟头才把我抬出了矿坑。疼,露茜,疼。哦,露茜,疼,疼死了!"

"我知道你疼得厉害,威利,我知道。不过你必须得忍着点儿。"

"你可不能这样,孩子,你媳妇儿心里受不了。"管事的说。

"我忍不住,疼,疼死了。"他又大叫着。他这辈子还没病过呢。他的手指头压碎了那回,他还敢看那伤口。可这回是从里到外地疼,把他吓坏了。疼到最后,他总算是消停了,疼得没力气了。

· 爱岛的男人 ·

过了些时候她才给他脱了衣服给他洗洗身子。这种事他不让别的女人干,这种男人一般都挺羞涩。

他在床上一躺就是六周,疼得死去活来的。医生弄不大清他到底怎么回事,几乎不知所措。他能吃能喝,体重没轻,力气也没减,就是没完没了地疼,疼得他几乎走不了路。

到第六周上,全国大罢工开始了①。他开始早晨很早就起床坐在窗户边上。到罢工第二周的星期三,他像平时一样凝视着街上。这个脑袋圆乎乎的年轻人看上去仍旧精力充沛,可脸上却露出被追杀的恐慌表情。

"露茜,"他叫道,"露茜!"

听到他叫,一脸苍白和疲惫的她忙跑上楼。

"给我一块手绢儿。"他说。

"干吗,你不是有一块吗?"她说着靠近他。

"那块我不能碰。"他叫道。说着,他在衣袋里摸索一阵,掏出一块白手帕来。

---

① 1912年的全国煤矿工人大罢工要求最低工资和新的工资标准,从2月持续到4月。

"我不要白的,给我一块红的。"他说。

"要是有人来看到你这样多不好。"她说着给了他一块红手帕。

"再说了,"她继续说道,"为这事儿你也没必要把我叫上来呀。"

"我肯定又该疼了。"他有点恐惧地说。

"不是那么回事儿,你知道的,不是,"她说,"医生说了,那是你想象那儿疼,其实并不疼。"

"我里边儿疼,难道我会没感觉?"他叫起来。

"山上下来一辆牵引机车,"她说,"那车会把他们驱散的。我这就去给你做布丁。"

她离开了他。牵引机车开过来了,震得房子直颤。车过去后街上安静下来了,但人们没有散去。街道中间,一群十五岁到二十五岁的小伙子们在玩弹子。另外一小群男人在人行道上玩着什么。街上的气氛很是阴沉。威利能听到男人们没完没了的叫声。

"你骗我!"

"没那事儿!"

"出那个鲜红的球儿。"

"我四换一。"

· 爱岛的男人 ·

"别,给我吧。"

他想出去,想去玩弹子。疼痛让他脑子变得不那么清醒了,几乎不知道控制自己。

不一会儿,又有一群人吊儿郎当地上了街。工会这个早上发钱,在原始卫理公会教堂发钱,每人都领到了半金镑硬币①。

"们儿!"有个声音在叫,"们儿!"

这是一种召唤人的叫法,可能是"哥们儿"叫顺了嘴就这么叫了。这声叫惊得威利差点从椅子中跳出来。

"哥们儿!"一个人粗声大气地叫着,"跟我去看诺队跟威拉队比赛不?②"

很多玩弹子的人都站了起来。

"啥时候啊?火车停了呀③,咱得走着去。"

街上因为有了这些男人而显得热闹起来。

"都谁去诺丁汉看比赛?"还是那个声音。叫

---

① 罢工补贴是在伊斯特伍德的原始卫理公会的学校教室里发。半金镑硬币是一个金币,价值十先令。
② 指1912年3月13日诺丁汉乡村队和阿斯顿·威拉队在诺丁汉举行的足球赛。
③ 1912年大罢工期间,北方和中部铁路公司的火车大多停运了。

喊者是个大块头的醉汉,帽子遮住了眼睛,一个劲儿地喊着。

"来呀,你们,都来呀!"众人大喊,一整条街都回荡着男人们的叫喊。他们分成了好几拨儿,显得激动万分。

"诺队赢!"那大块头叫着。

"诺队赢!"小伙子们叫起来。他们喊得声嘶力竭。这些人,只需一声喊就能闹起来。细心的当局对此十分关注。

"我去,我去!"这伤员隔着窗户叫起来。

露茜忙跑上楼来。

"我要去看诺队跟威拉队在草场上比赛。"他宣称。

"你,你不能去。没有火车,你走不了九英里。"

"我就是要去看比赛。"他说着站起身来。

"你知道你不行。坐下安静会儿。"

她把手放在他身上。他则摆脱了她的手。

"让我一个人待着,让我一个人待着。是你弄得我伤口疼,就是你闹的。我要上诺丁汉看足球去。"

"坐下,让人们听见不定怎么说呢。"

"让我走。放开我。是她,是她闹的。让我走。"

他抓住她,小小的脑袋疯狂地晃着,像狮子一样强壮。

"哦,威利!"她叫着。

"是她。是她。杀死她!"他叫着,"杀死她。"

"威利,人们会听见的。"

"又开始疼了,我告诉你吧。再疼我就杀了她。"

他完全丧失了理智。她跟他撕扯着,防止他往楼梯那里跑。她终于挣脱了不住地叫喊狂骂的威利,赶忙招呼那个二十四岁的邻居女孩儿,她正在街对面擦窗户呢。

伊瑟·麦勒①是一个富裕的计量员的女儿。听到叫声她害怕地从街对面朝霍斯普太太这边跑来。听到威利大喊大叫,人们都跑到街上来了。伊瑟疾步上了楼,发现这个新婚之家里干干净净,

---

① 麦勒这个姓在劳伦斯家乡比较常见。日后劳伦斯在《查泰莱夫人的情人》中命名男主人公为麦勒斯。

井井有条。

威利在屋里摇摇晃晃地追着缓缓后退的露茜,喊叫着:

"杀死她!杀死她!"

"霍斯普先生!"伊瑟倚着床叫着,脸色如同床单一样煞白,身子颤抖着,"你在说什么呀?"

"我告诉你吧,是她把我弄疼的。告诉你吧,就是这么回事。杀死她,杀死她!"

"杀死霍斯普太太!"那颤抖的女孩儿叫着,"可你是那么喜欢她呀,你知道你喜欢她。"

"疼,我疼死了。我要杀了她。"

他说着说着缓解了下来。他坐下后,他老婆就瘫在了椅子里,无声地哭泣起来。泪水顺着伊瑟的脸流了下来。威利坐着,凝视着窗外。随之,原先那受伤的表情又出现在脸上了。

"我刚说什么了?"他问着,眼睛可怜巴巴地看着自己的老婆。

"什么!"伊瑟说,"你是让什么鬼附体了,说'杀了她,杀了她!'"

"我说了吗,露茜?"他支吾着。

"你不知道你都说了些什么。"年轻的老婆轻柔但冷淡地说。

他一脸的气恼,咬着嘴唇哭出声来,面对着窗户哭得难以自持。

屋里三人哭成一团,抽抽搭搭的。突然,露茜一把抹干泪水,走到威利身边。

"你不知道你说了些什么,威利,我知道是这样的。我明白,你一直不知道。没关系,威利。只是别再这样了。"

过了一会儿大家都平静下来后,她同伊瑟一块儿下了楼。

"看看有没有人在街上看我们。"她说。

伊瑟走到厅里,透过窗帘缝朝街上窥视着。

"哎!"她说,"要命啊。琳娜和赛文太太在傻乎乎瞪着大眼盯着看呢,还有那个嚼舌根的阿尔索太太。"

"但愿她们没听到什么!要是传出去说他疯了,他们就要停发补贴[①],我知道他们会这么干。"

[①] 依照当时的英国工人补贴法案,不能因工人有精神病症而停发其补贴。法案中对此类情况有专门措施:补贴由照顾病人的亲属代领。但各地情况不同,伊斯特伍德可能会有停发情况发生。

"他们决不会因为这个停发补贴的。"伊瑟反对说。

"反正他们停发过一些人的——"

"不会传出去的。我谁也不告诉。"

"哦,不过要是真传出去了,咱们可怎么办呢?……"

施　洗

英国公学①的女校长走下学校大门的阶梯，平时都向左转，可这次却向右。还差五分钟就四点了，两个急忙往家赶着去给丈夫做晚饭的女人停下脚步瞅她。她们朝她的背影盯着看了一阵子，然后面面相觑，做个女人才做的鬼脸儿。

那个远去的身影着实有点可笑：她又瘦又小，头戴一顶黑草帽，一件粗粗拉拉的开司米外套把裙子整个裹着。如此一个衣着粗陋的弱小人儿却故作姿态地缓步前行，那几步走也显得荒唐。西

---

① 伊斯特伍德的英国公学是一所小学，由新教徒于 1874 年创办。

尔达·罗伯坦姆还不到三十岁呢,这个年纪的人走起路来按说还不至于那么循规蹈矩的,她这样全是她的心脏病闹的。她脸盘儿不大,面带病容,不过还不算难看。她抬着头朝前看着,一路穿过市场,活像一只羽毛肮脏的黑天鹅。

她转身进了面包师伯尔曼的作坊。店铺里摆着面包和蛋糕,一袋子一袋子的面粉和燕麦片,一块一块的咸肉、火腿、猪油和香肠。那股杂味儿并不难闻。西尔达·罗伯坦姆站了好一会儿,照着柜台上的一把大刀又是敲又是推,眼睛盯着那高大闪光的铜秤。这下总算惊动了楼上的人,一个下巴上长着黄胡子的男人阴沉着脸下来了。

"干吗呀?"他问,并不为自己迟到抱歉。

"您能不能给我拿六便士的蛋糕和点心,再放上几块杏仁饼?"她的话说得快,但显得有点紧张。她的两片嘴唇说起话来似风中的树叶子发颤,吐字含混,就像有一群羊挤在门口往外拥。

"我们这儿没杏仁饼。"那男人态度生硬地说。

很明显他听清了那个字,干站着等她的反应。

"那我就吃不上了,伯尔曼先生。我真失望。

我喜欢那些杏仁饼,这你知道,我可不怎么舍得吃。你不觉得人懒得娇惯自己吗?娇惯自己还不如娇惯别人呢。"她神经质地笑了一声便打住,连忙用一只手去遮脸。

"那,您要点儿什么呢?"那男人问,脸上一丝笑容都没有。很明显他并没有听她说,所以显得更加不快。

"哦,你有什么我就买什么吧。"女校长说着,脸有点红了。那男人缓缓地晃悠着,从每只盘子里取了蛋糕,一块块地扔进纸袋里。

"您妹妹还好吗?"他问,似乎是在跟面粉勺子说话。

"您指的是哪个?"女校长马上问。

"最小的那个。"那脸色苍白的男人弯着腰不好意思地说。

"爱玛!哦,她挺好,谢谢你关心她。"女校长的脸红得什么似的,可话茬儿还是尖酸刻薄的。那男人哼了一声,把袋子递了过来,眼看着她出了店铺,连句"回头见"都没说。

她得穿过整条大街,有半英里长吧,慢慢地一步步挪着,她感到是在受折磨,羞得脸都红到了脖子根上了。不过她还是提着白纸袋子,竭力显出无所谓的样子来。走进田野里,她似乎弯下了腰。她面前是宽阔的峡谷,远处的林子隐没在夕阳中了。峡谷中间,巨大的矿井冒着白烟、喷着蒸汽,矿工们正从井下上来。一轮玫瑰红的满月就像一团烈焰飘浮在远处黄昏中的东方天际上,正从迷雾中浮出。这景色很美,将她心中的愠怒和哀愁着实化解了不少。

穿过田野,她就到家了。这是一座新盖的实惠村舍,造得一点都不小气,这种房子一个老矿工用自己的积蓄是造得起的。在小厨房里,一个黑脸女人正坐着照料白罩衫中的婴儿。另一个阴郁粗鲁的年轻女人站在桌旁切着面包和黄油,她一脸的萎靡卑微相儿,表情显得挺不自然,又有点儿莫名其妙地烦躁。她姐姐进来时她根本不回头看一眼。西尔达放下蛋糕袋子就出了屋,不跟爱玛说话,不搭理那婴儿,也不理会为下午的事来帮忙的卡琳小姐。

就在这时父亲从院子里端着一簸箕煤进来了。他是个大块头,但快散架子了。进门时他用空着的那只手抓住门想站稳,可一转身他还是打了个趔趄。他开始一块一块地往火上加煤。一大块煤从他手中掉下来,落在白净的炉前地毯上碎了。爱玛·罗伯坦姆扭头看看,气得粗声大气地叫起来:"你看看你!"随后她故意压低了嗓门儿道:"我待会儿就扫了它,你就别麻烦了。让你弄,你还不得一头钻火里去?"

可父亲还是弯下腰清扫他掉的那堆东西,一边扫一边说:"这讨厌的东西,愣从我手指头缝儿里掉出去了,跟小鱼儿似的。"口齿虽然不清可还不忘讨女儿的好。

他嘴上说着身子就朝炉子歪过去了,吓得那浓眉女人大叫一声。他的手忙去扶炉子以救自己一把。爱玛转身一把将他拉开了。

"我不是跟你说过吗!"她粗声粗气地叫着,"瞧瞧,烧了自己个儿没有?"

她紧紧地抓住比她高大的父亲,将他推进椅子里去。

"怎么了?"另一间房里传出一声尖叫。说话者露面了,是个二十八岁上下容貌姣美但态度生硬的女人。"爱玛,不能那么跟爸爸说话。"随后口气虽然不冷但话茬儿同样尖刻地说:"瞧你,爸,你干吗呢?"

爱玛气哼哼地退到她的桌子边上去了。

"没,"老头儿遮遮掩掩地说,"没什么。忙你的吧。"

"怕是燎着手了。"那黑眉毛的女人说,话音儿里半是训斥半是怜悯,像是在说一个惹事儿的孩子。伯莎握住老人的手看看,发出了不耐烦的啧啧声。

"爱玛,拿那管药膏来,还有几块儿白布。"她厉声地命令道。妹妹忙放下切着的面包,刀子还插在里头,就转身走了。对一个敏感的旁观者来说,这种顺从比不从还让人难以忍受。那黑脸女人朝孩子弯下腰默默地像个母亲一样悉心照料那婴儿。小婴儿笑嘻嘻地在她腿上不停地扭来扭去。

"我说这孩子一准儿是饿了,"她说,"他上回吃东西是什么时候?"

"就在吃饭前。"爱玛蔫蔫儿地说。

"老天爷!"伯莎叫道,"既然有了孩子,就不能饿着他呀。我跟你说过,孩子两小时就得喂一次。可现在都三个小时了。抱过来,小可怜儿,我来切面包。"她弯下腰去看那孩子,不禁笑了,用自己的手指头捅捅他的脸蛋儿,冲他点点头,口中念念有词儿地叨叨着。然后她转身从妹妹手中接过面包条。那女人站起身把孩子交给他母亲。爱玛冲那个乳臭未干的可怜小婴儿弯下腰去。她一看他就讨厌,可一摸他,又感到爱意涌上心头。

"我就觉得他不会来了。"父亲抬头看看墙上的表不安地说。

"胡说,爸,那表快!现在不过才四点半!别那么坐不住站不住的!"伯莎不停地切着面包和黄油。

"开一听儿梨。"她冲那女人说,声调柔和多了。然后她进了另一间屋。她一走,老头儿就又开口说话了:"我就是觉得,他要是想来,这会儿就该到了。"

爱玛正对孩子专心致志呢,没有接他的话茬儿。父亲已经不拿她当一回事了,反正她已经变得自轻自贱了。

"他会来的,他会来的!"那个外人安慰着他们说。

几分钟后,伯莎冲进厨房,摘了围裙。家里的狗疯狂地叫了起来。她打开门,令狗停止了狂吠,说:"它这就不闹了,肯达尔先生。"

"谢谢。"说话人嗓音洪亮,随之是自行车靠在墙上的声音。牧师进来了,是个瘦骨嶙峋的大个子丑男人,神情显得紧张。他进了屋直冲老父亲而去。

"啊,您好吗?"他低头冲着那大个子矿工问候着,声调很悦耳,老头儿是被运动失调症①给毁了。

他的声音很温柔,不过他似乎是装着看不清弄不明白。

"您是把自个儿的手弄伤了吗?"他安慰老人说,眼睛看着白布。

"没有,就是一块讨厌的煤掉了,我手一扶,搭在炉子边儿铁架子上了。我还寻思着你不来了呢。"

那熟悉的"你"和责怪是老头儿无意中在报复呢。那牧师笑了,半带点讨好,半带点得意。他满心里都是说不出来的柔情。他的脸转向那年轻

---

① 一种神经系统紊乱症,四肢活动无法协调。

的母亲,她立即气得红了脸,因为她正露着怀呢,模样不雅。

"您好吗?"他十分轻柔地问,似乎是她病了,他在关心她。

"我还行。"她尴尬地回答着跟他拉拉手,但没有站起身来,转过头去掩饰着心头的愤怒。

"好,好。"他斜着眼睛朝下看着孩子,那婴儿正鼓着嘴在那结实的奶头上咂着奶。"好,好。"他似乎陷入了沉思。

待他转过神儿过来,他同女人握握手,眼睛却不看她。

不一会儿,他们都进了隔壁的屋子,那牧师犹犹豫豫地想搀扶一下瘸腿的老人。

"我自个儿行,谢谢。"那父亲烦躁地说。

大家很快就落了座。但坐在桌前的每个人感情上都隔着一层儿。晚茶在中间的厨房中用,这是一间丑陋的大屋子,只在特殊场合下才用。

西尔达是最后出现的,那骨瘦如柴但笨拙的牧师忙起身来迎她。他怕这个富裕的老矿工的家,也怕这几个粗鲁任性的子女。不过西尔达可是她们中的女王,她最聪明,上过大学学院呢。她觉得自己对全体家庭成员负有责任,有责任让大家行为举止高雅。罗伯坦姆家的人就是与普通的矿工之家不同。忍冬村舍①在大多数人眼中很了不得,是这老头儿亲手所建,他很为此得意。西尔达是大学学院训练出来的小学校长,不管受到怎样的打击,她都要保住这座房子的威望。

为这个特别场合她穿上了一件绿色巴里纱的衣服。但是她很瘦,脖子显得太长,看上去挺难受的样子。不过牧师却与她几乎充满了敬意地打着招呼,于是她便得以摆出尊贵的架势落了座。在桌子的另一端坐着精神崩溃的大块头父亲。父亲身边是小女儿,她在照料着不安分的婴儿。牧师坐在西尔达和伯莎之间,瘦骨嶙峋的躯体笨拙地动来动去如坐针毡。

桌子上摊了满满的吃食,有罐头水果、罐头马哈鱼,火腿和蛋糕。罗伯坦姆小姐②密切注视着这里的一切,她感到这个场合十分重要。那年轻

---

① 忍冬,是金银花的一种。当年英国有一种廉价的香烟牌子是"忍冬"。伊斯特伍德镇上离劳伦斯家不远处确实有一座村舍名为忍冬村舍。
② 这里指大女儿西尔达。在此劳伦斯遵循的是十九世纪中产阶级的习俗,以姓氏称呼一家中未婚的长女。

的母亲,这严肃场面本是因她才有的,却阴郁难受地吃着,冲她的孩子挤出几分笑来,一当她感到孩子的小胳膊小腿儿在她膝上有力地折腾,她就会情不自禁地笑起来。伯莎是个心直口快的人,这时只关心这孩子。她就是看不起妹妹,压根儿不拿她当一回事儿,但那婴儿在她眼里可是一线光明。罗伯坦姆小姐现在关心的是社交和谈话。她的手轻微颤动着,嘴巴不停地说着话,特别紧张。快吃完饭时,桌上没声儿了。老头儿用他的红手帕擦擦嘴,随之他蓝色的眼睛瞪着,眼神儿变得奇怪,开始口齿不清地冲牧师说话了。

"好吧,牧师,我们请您来为这个孩子施洗,您来了,大伙儿肯定都挺感激的。我不能眼看着这可怜的孩子得不到施洗,她们是不想带他去教堂——"说到这儿他似乎陷入了沉思。"所以啊,"他又开始说,"我们请您来家里干这件事儿。我倒不是说我们不难为情,我们挺不好意思的。我不中用了,孩子妈也没了。我不想让我的女儿落到这步田地,可她命该这样儿,说什么也没用了……有一样儿我们得感谢主:她们从来不知道什么叫饿肚子。"

罗伯坦姆小姐这个家里的贵妇人听这段话时一直挺直腰板痛苦地坐着。她对很多东西都特敏感,这番话让她听得目瞪口呆。她能感到小妹妹的耻辱,然后心头又闪过一丝对孩子的疼爱,要保护那婴儿包括其母。听着父亲那番宗教味儿很浓的话,她感到困惑;家里的这个污点让她反感透了,人们因此可以对这个家戳脊梁骨的。父亲的话吓坏了她,让她感到备受折磨。

"这是挺让您为难的,"牧师细声细气地实话相告,"今天是让您难为情了。不过这是主赐福的时候。有一子赐给了我们①。所以啊,咱们高兴庆祝吧。如果有什么罪恶介入了我们中间,让我们在主面前净化我们的心灵吧。"

他继续说着,那年轻的母亲抱起抽泣的婴儿,将他的脸埋在自己的头发中。她受了伤害,脸上隐隐露出几许愤怒来。不过她的手依然姿态优美地抓着孩子。人们闹这种情绪全是因为她,她又为此气得什么似的。

---

① 即"A man child is born unto us."见《旧约·以赛亚书》9:6和《旧约·耶利米书》20:15——"A man child is born unto thee."

· 爱岛的男人 ·

伯莎小姐站起来进了小厨房,回来时端了一瓷碗水,把水碗放在茶具中间。

"好了,我们准备好了。"老头儿说。牧师开始诵读仪式致辞。伯莎是教母,两个男人是教父。老头儿低着头坐着。这场景挺有意思的。最后,伯莎小姐抱起孩子将他交到牧师怀里。这个丑陋的高个子男人脸上露出虚假的爱意来。他从来没有卷入生活中,女人们对他来说都不是活生生的人,不过是《圣经》上读来的什么东西而已。当他问这孩子该叫什么时,那老头儿猛地抬起头来说:"约瑟夫·威廉姆,随我。"说完话他几乎喘不上气来了。

"约瑟夫·威廉姆,我来给你施洗……"那个牧师奇怪的唱诗声音又响了起来。婴儿则十分平静。

"咱们祈祷吧!"大家都松了口气。他们跪在各自的椅子旁,只有那年轻的母亲没有跪下,她弓着身子伏在婴儿身上,借此掩饰自己。牧师开始犹犹豫豫地念他的祈祷词。

此时此刻,人们听到有沉重的脚步声顺小路过来,在窗下止住了。年轻的母亲抬眼看看,看见她兄弟一脸的煤黑,正在窗外龇着牙乐呢。他红红的嘴唇嘲讽地撇着,一脸的煤黑,金黄的头发倒是挺光亮的。他跟姐姐的目光相遇了,禁不住笑了。随之他的黑脸就消失了。他直接去了厨房。女人抱着孩子坐着,一肚子的气。她恨这个祈祷中的牧师和眼前这情绪化的一切,也恨透了自己的弟弟。她现在是又气又无能为力,只好坐着洗耳恭听了。

突然她父亲开始祈祷。他那熟悉的高声轰鸣着震耳欲聋,让她都变得麻木了。人们都说他的脑子开始不行了。她相信这是真的,因此总是躲着他。

"我们请您,主,①"老人叫着,"来照看这个孩子。他没有父亲。那又怎么样?在您面前肉体凡胎的父亲又算什么?这孩子,他是您的孩子,是您的。主啊,除了您,还有谁是父亲呢?主啊,当一个男人说他是父亲时,打一开始他就说错了。因为,您是父亲,主。主啊,请您打掉我们的自以为是,不要以为孩子是我们的。主啊,您才是这孩

---

① 这段话中大多数句子仿效《圣经·诗篇》。

子的父亲,这孩子没有父亲。哦,上帝,您会抚育他长大成人。我就站在您和我的孩子之间。我跟他们自有相处的办法,主。我站在您和他们之间,我让他们跟您分开了,那是因为他们是我的孩子。他们长歪了,那都是我的过错。主啊,除了您,还有谁是他们的父亲呢?可我却站到了你们之间,因为我,他们成了石头下的植物。主啊,如果不是因为我,他们或许会是阳光下的树木呢。让我担这个罪吧,主,是我跟他们搞了个恶作剧。如果他们从来不知道有父亲这么一说,也许会好得多呢。没有哪个男人是父亲,主,只有您才是。他们永远也不会超过您,可是我妨碍了他们。把他们举起来,消除我为他们做的一切。让这个孩子成为一棵水边的柳树吧,没有父亲,只有您,哦,上帝。唉,我希望我的孩子们一直是这样,没有父亲,只有您。我一直像压在他们身上的一块石头,他们挺立了起来就恶毒地咒骂我。让我走,请您把他们举起来吧,主啊……"

那牧师不明白一个父亲的感情如何,跪在那里听得犯晕,他根本不懂为人父的特殊语言。也只有罗伯坦姆小姐能有所感触,有所理解。此时她的心开始颤抖,感到痛苦了。那两个年轻点儿的女儿则跪在地上闻而不知其声,麻木不仁。伯莎在想着婴儿,而年轻的母亲则在想着孩子的父亲,她恨他。这时屋外的水槽子那儿有响动。是家里的小儿子在使劲儿弄着响动,他在泼着洗澡水,一边泼水一边生气地抱怨着:

"胡说八道吧你就,满嘴流哈喇子的老傻瓜!"

父亲继续祈祷着,听得他心头直冒火。桌子上放着一只纸袋子,他提起袋子来念道:"约翰·伯尔曼——面包,糕点类"。读到此他龇牙做个鬼脸。这孩子的父亲就是伯尔曼作坊的面包师。祷告仍在中厨房里进行着。劳利·罗伯坦姆收紧纸袋口,把口袋吹胀了,然后一拳砸破了它。纸口袋的爆破声很响,把他逗乐了。但同时他又不安起来,因为他感到不好意思,又怕他父亲。

父亲立即停止了祈祷,屋里的人都站了起来。年轻的母亲忙进了洗涤间。

"干什么呢,你这个傻子?"她质问。

那年轻的矿工拨拉着婴儿的下巴,哼起歌儿来:

· 爱岛的男人 ·

拍打拍打做蛋糕,面包师,
快烤蛋糕给我吃……

母亲一把把孩子抱开。"闭上你的嘴。"她说着脸都红了。

扎个眼儿,穿根棍儿,
放进炉子好美味儿……①

他咧咧嘴,露出脏乎乎的红嘴唇和白牙,嘴角上带着几分嘲讽和不快。

"我恨不得抽你个嘴巴。"孩子妈阴郁地说。他又开始唱,她便打了他一巴掌。

"现在该怎么办?"父亲说着蹒跚进来。

那小子又开始唱。他姐姐阴郁愤怒地站在一旁。

"那怎么就让你烦了?"罗伯坦姆家的大小姐尖刻地问爱玛。

"老天爷,你的脾气怎么就改不了!"

伯莎小姐进来了,把瘦骨嶙峋的婴儿抱了过去。

---

① 这是一首幼儿歌谣。而把面团放进烤炉在俚语中表示怀孕。

高大的父亲漠然地坐在椅子里,目光空洞,身体虚弱。他任他们爱怎么样就怎么样,他已经心力交瘁了。可是有某种力量,某种不由自主的力量像一个符咒埋在他体内。他这副崩溃的身板儿就像一块磁石控制着这些人。他这艘破船依旧主宰着这座房子,甚至在他濒临崩溃的时候他都能让他们顺从他。他们从来没有生活过;他的生命和他的意志一直在控制着他们、遏止着他们。他们不过是几个半拉人。

施洗的第二天,他就蹒跚着出现在门道里,声音洪亮、依旧充满活力和快乐地宣布:"雏菊在大地上灿烂绽放,成群结队地拍手欢呼,欢呼早晨的到来。"他的女儿们闻之都心情沉重,对他避之不及。

干草垛里的爱①

一

这两大块地位于朝南的山坡上。刚刚收过干草,田野上呈现出一片草绿色,在阳光辉映下,闪烁着耀眼的光芒。往上走,半山腰的地边上拉着一道高高的篱笆,在柔光闪烁的草地上投下黑暗的阴影。干草垛正在堆起来,堆得刚刚高过篱笆。

---

① 这篇小说大致取材于劳伦斯1908年7月同艾伦·钱伯斯一起在干草垛下度过的一个晚上,那时他正帮助钱伯斯一家翻晒干草。1911年11月初写成后投给《英国评论》杂志,被以"过于虚妄"的理由退稿后于1913年重写。以后他的第一本小说集出版时,劳伦斯仍对其不够满意,便搁置一边,直至1930年才在他身后发表。

草垛堆得奇大,但因为它微微闪烁着银光,看上去倒像没有什么分量似的。田野上的草绿色亮得平和,耸起的草垛一团蓬乱,亮得耀眼。

空荡荡的马车正从篱笆缺口中穿过。低处的草地上排列着一溜溜割下等待晒干的草,满载的马车就从那个远远的角落出发,爬上山驶到草垛这边来。翻晒干草的人们那白色的身影在草地上依稀闪现。

兄弟俩等待着装草的车上来,趁机歇歇。他们抬起胳膊用衣袖擦擦额头上的汗。天儿热,刚才又垛了一车草,连热带累,他们直喘粗气。草垛很高,他们站在上面,比篱笆还高呢。草垛很是宽大,似一艘空船。阳光照射进来,烤得草垛热乎乎的,散发出的甜味令人窒息。哥儿俩渺小无足轻重,一半身子陷在这松散的大沟中,恰似立在冲着太阳耸起的祭坛上一般。

弟弟莫里斯是个二十一岁的英俊小伙子,大大咧咧,快快乐乐,充满活力。他有一双灰色的眼睛,在调侃哥哥时,目光显得很亮但又因着强烈的情感显得困惑。他黝黑的脸上带着同样特别的笑意,有点期盼,有点兴奋,又有点紧张,那是第一次动感情的年轻人才有的表情。

"你说,"他斜靠在杈子把儿上说,"你想没想到你给了我一个机会?"说着说着他笑了,随之又陷入苦苦的思索中,苦中取乐。

"我才不这么想呢,你想得太多了点儿吧。"乔弗里反唇相讥,话音儿里透着点讥讽。弟弟将了他一军。乔弗里是个大块头的家伙,比莫里斯大一岁。他蓝色的眼睛中目光游移,眼神溜得很快。他的嘴巴十分敏感。你会感到他那巨大的身子在悄然紧缩。他过于敏感,敏感得有些病态。

"可我还是知道你怎么回事儿,"莫里斯逗他说,"你偷偷溜走了。"这话说得乔弗里浑身一激灵,倒退一步。"你觉得那是咱们在这儿的最后一夜,你就把我扔下,自己出去睡了,其实是该你睡这儿。"

他禁不住笑了,看乔弗里怎么办。

"我没有溜出去睡,"乔弗里反驳道,显得笨笨拉拉的,沉重的身体退缩着,"爸不是让我弄煤去了吗?"

"哦,对,对,我们都知道,可是,哥们儿,你知道你干什么了,就是不说呗。"莫里斯嘿嘿笑着躺倒在草垛上。他脑子里除了这矮矮的草垛和烈日当空的天,再也没有别的。他攥紧了拳头,把胳膊甩到面前,再次绷紧了肌肉。很明显他十分感动,他的感觉太强烈,甚至说不上愉快,不过他还是笑着。乔弗里站在他身后,刚好看到他红红的嘴唇和唇上嫩嫩的黑胡须,一笑,细毛向上卷着,露出牙齿来。哥哥将下巴抵在杈子把儿上,向田野上眺望着。

远处淡淡的蓝色轮廓就是诺丁汉城。这之间,乡村笼罩在蒸腾的热气中,地上东一绺儿西一绺儿的矿井烟雾袅袅升腾着。但在近处,在山脚下,架着高高篱笆的公路那边,则只有静静矗立的老教堂,教堂领地掩映在树丛中。这广阔的视野只能令乔弗里感到厌恶。他掉转视线,去看草垛下驶过田野的马车,那空空的车像一只巨大的虫子爬下山去,装满草后又爬上来,像一艘船摇摇晃晃。再看那拉车的马,棕色的头低着,棕色的腿抬起来顽强地蹬进地里。乔弗里希望马车走得再快些。

"你没想到——"

乔弗里闻之一惊,心头一紧,目光朝下看看躺在自己下方的弟弟,他那晒得黝黑的胳膊下,一张形状漂亮的嘴巴在嚅动着说着什么。

"你没想到她会跟我在一块儿,要不你就不会把我留下了。"莫里斯说着竟笑起来,那是他想得激动了。乔弗里气得脸通红,恨不得一脚踢上去,踢那张唠唠叨叨个不识闲儿的嘴,那嘴就在他脚下呢。安静了一会儿,莫里斯又乐不可支地说起来,一字一句叨念着德文道:

我还小,我心纯洁,
那里没别人,
只有耶稣。

莫里斯暗自笑着,想起了什么,极度痛苦地蜷缩起身子打个滚儿,将自己埋进草垛中。

"你能用德文祈祷吗?"草丛中传出他呜噜呜噜的问话来。

"我才不呢。"乔弗里吼道。

莫里斯窃笑。他的脸埋在草中,在黑暗中能够重温一下昨晚的经历。

"亲她耳朵根儿下边儿是什么滋味儿,兄弟?"他的语调极其躁动不安。他扭动着身子,依旧因着第一次接触到爱情而惊奇。

乔弗里心绪不宁,只觉得脑子里混沌一片,看不清眼前的景物了。

"她胸脯上有那么两个好玩意儿,一抓一把。"莫里斯低沉着声音挑逗着,他似乎是在自言自语。

这兄弟俩都羞于跟女人打交道,直到这次收干草之前,他们熟悉的女人只有他们的母亲,在别的女人面前他们显得沉默愚笨。他们跟着一个傲慢的母亲长大,这种女人在乡下卓尔不群,因此,普通女孩子总是不入他们的眼,她们不如他们的母亲。母亲讲一口纯正的英语,举止娴静,可一般的女孩子说话总是高声大气的。这两个小伙子就是这样纯良地长大成人,可身心备受折磨。

莫里斯又一次激他,令哥哥深感窝火。乔弗里大有陷入病态的危险,因为他太缺少生气,缺少兴趣。牧师家的园子就在坡顶的地头,那个外国家庭女教师透过篱笆跟他们聊过天,把他们迷住了。园子里有一大片接骨木树丛,树上大朵的奶黄色花瓣散落在园中小径上,飘到地头上。乔弗里一闻到接骨木的花香就会惊得向后退缩,因为闻到花香就想起了那个奇特的外国声音,他在篱笆下的地里甩着大镰刀割草时那个声音叫他惊心动魄过。一个小孩子穿过了篱笆豁口,那家庭女教师用德文叫着追过来,把花儿蹭落了一地。她看到一个男人站在阴影中,吓得挪不动脚步,随之让他身边的耙子绊了一跤。看到她一头栽下去,乔弗里忘了她是个女人了,悉心地将她扶了起来,问:"您伤着了吗?"

她笑着用德语回答他,边说边皱起眉头让他看自己的胳膊。她让荨麻刺扎得够呛。

"你需要羊蹄草。"他说。她闻之不解地皱起眉头。

"羊蹄草?"她重复着。他不由分说用那种绿叶子替她擦起胳膊来。

现在她喜欢上了莫里斯。可她最初似乎是喜欢他乔弗里的。现在她同莫里斯一起花前月下的,还让他亲。乔弗里强忍痛苦,但没有做任何抗争。

他不知不觉地朝牧师家的园子望去。她就在那儿,穿着棕黄色的衣服。他摘下帽子,抬起右手向她致意。那金黄色的小小身影站在土豆畦里向他若无其事地挥了挥手。他依旧痴迷地保持着原有的姿势,左手执帽,右手高举,陷在沉思中。从她若无其事的招呼中,他能感到她是在等莫里斯。那她是怎样看待他乔弗里的呢?她为什么不要他呢?

听到车把式赶车上来的声音,莫里斯忙站起身来。乔弗里仍旧伫立着,一脸的阴沉,想着想着高举的手就松了下来。莫里斯面向着山头,目光炯炯地笑了。乔弗里放下手臂看着。

"哥们儿!"莫里斯笑道,"我不知道她在那儿呢。"说着他笨拙地挥起手来。在这方面,乔弗里比他强。哥哥看着那女孩。她跑到小路尽头的树丛后,这样就不被房子挡着了。她疯狂地挥动起手帕来。莫里斯没看懂这一招,只听到了一个孩子的哭声。女子的身影消失了,再出现时,手上举着一团白色的儿童衣服包,快速朝山上的一棵高大的白蜡树跑去。只见她迅速爬上树,爬到一根横亘如篱笆的粗枝上,站稳后甩着双手向这边飞吻起来。她那副外国架势令这兄弟俩大为激动。莫里斯挥舞着手中的红手帕高声大笑起来。

"喂,你得悠着点儿吧?"下面传来一声嘲弄。

莫里斯倒了下去,羞得满脸通红。

"不用!"他叫着。

下面响起一阵开怀大笑。

装满干草的车驶了上来,哗哗地掉转车头,车尾冲着草垛,随后停住车,车前挡着横木免得车向下打滑。兄弟俩手持杈子在草堆中来回走动着。这时一个满面红光的壮汉子爬上草车顶。他转过身来,粗粗的眉毛下一双眼睛仔细观察着山坡上的动静。他看到了白蜡树下的女孩儿。

"哦,就是她呀,"他笑道,"我就以为是个姑娘嘛,可我看不清。"

当爹的开心诙谐地笑着,开始从车上卸草。乔弗里站在草垛上接爹甩上来的大杈大杈的草,再甩给莫里斯,由莫里斯接住、摆好、摞成垛。爷儿仨在强烈的阳光下默默地干着活儿,全然被劳动的激情凝聚成一体。爹一时放慢了翻草的速度,去拢脚下的干草。乔弗里等待着,静等的时候他杈子上的蓝齿在闪光。草又堆积起来了,他的杈子抄底后一甩,干草唰地上了草垛,莫里斯接过这一杈草,悉心地摆弄好。一杈又一杈,三个男人的肩膀弓一样拉开又缩紧。他们都穿着洗得发白的淡蓝色衬衣,衣服紧紧贴在背上。爹像架机器劳作着,结实浑圆的膀子单调地弯下又耸起,他干起活来就这么一门心思。乔弗里甩开膀子干着,他那宽大的肩膀大开大合,潇洒地叉着草。

"你是想捅我个跟头是吧?"莫里斯生气地问。他得加劲儿干才能抵挡得住乔弗里的攻势。爷儿仨紧张地干着,像是有谁在逼着他们干似的。莫里斯干起活儿来很是轻快,不过他得动脑子才行。他把干草往草垛边沿儿上堆时,他得叉着草走上一段,这样他就赶不上乔弗里上草的速度了。平常,哥哥总是把草上得位置尽量合适,弟弟需要他上到哪儿他就上到那儿。可今天,他只上到草垛中间。莫里斯在草垛上疾速来回奔跑着,样子很帅,可这活儿太多了,够他受的。另两个男人自顾紧张地你送我接,干得有板有眼。乔弗里仍然把草乱扔一气,莫里斯又热又累,不禁大汗淋漓,开始起急。乔弗里一下又一下地用胳膊擦着额头上的汗,像个动物一样动作单调地干着。看到莫里斯如此辛苦,他心里满足了,又叉起一杈草。

"你这是往哪儿扔呢,傻子!"莫里斯喘息道,因为哥哥把那杈子草扔歪了。

"我想往哪儿扔就往哪儿扔呗。"乔弗里回答道。

现在莫里斯十分愤懑地苦干着。他感到汗水就顺着身子往下淌。汗珠子流进他的长睫毛,模糊了眼睛,他不得不停下手中的活计,狠狠地把眼睛抹干净。他黝黑的脖子上青筋暴起着,如果这活儿还这么紧张地干下去,他觉得自己非发作不可,不发作就得垮掉。这时他听到父亲的杈子在摩擦车底了。

"行了,就这最后一点儿了,"父亲喘息道。乔弗里将最后一点儿干草随意地甩上草垛,摘下帽子擦起汗来。他站在日头下,脑袋在冒着热气,得意地看着莫里斯吃力地清理草垛。

"你不觉得底角太往外斜了吗?"下面传来爹的声音,"你最好往里拉拉,行不?"

"我还以为你是说下一车呢。"莫里斯不高兴地说。

"嗨!是这么回事儿。不过,这一垛底角是不是那个了点儿?"

莫里斯显得不耐烦了,不理这个茬儿。

乔弗里跨过草垛,把杈子戳到看着别扭的那

个角落。"是——这儿吗?"他粗声大气地叫着。

"嗯,是不是有点儿松?"那边传来恼火的声音。

乔弗里用杈子扎进凸出的角落,将身子斜在杈子把儿上使劲儿往里推。他认为草垛动弹了。于是他又使出全身的力气猛推,推得大草垛直晃。

"你想怎么着,你个傻瓜!"莫里斯抬高嗓门儿叫着。

"你说谁傻瓜呢?"乔弗里说着还想推。这时莫里斯跳将起来,一胳膊肘把哥哥搡到一边去了。在晃晃悠悠走了形儿的草垛上乔弗里站不住脚,摔趴下了。莫里斯试了试那角落,愤怒地说:"挺结实的嘛。"

"好,行了吧,"父亲打着圆场道,"你该歇歇了,反正离装车还早着呢。"他又若有所思地说。

这时乔弗里爬起来了。

"你要知道你推搡的是谁,我告诉你啊!"他恶狠狠地威胁道。看莫里斯接着干活儿,他又继续说:"你不许再骂人是傻瓜,听见没有?"

"下回不叫了。"莫里斯嘲弄地说。

他默默地围着草垛干活儿,走近了哥哥。哥

哥斜靠在杈子把儿上站着,活像一座阴沉的雕塑凝视着田野。莫里斯的心跳加快了。他继续朝前干,直到他的杈子齿尖戳上了乔弗里的皮靴,发出刺耳的声音来。

"你能不能换个地方看啊?"莫里斯威胁地问着。那大块头没有回话。莫里斯像狗一样噘起嘴来,支起胳膊肘,想把哥哥搡进草垛中去,以此让他腾地方。

"你推谁?"乔弗里发出低沉恐怖的声音。

"推你呢!"莫里斯轻蔑地说。兄弟俩立时支起架子来,如两头对阵的公牛。莫里斯铆足了劲儿要把乔弗里挤开,乔弗里则竭尽全力倾身顶住。莫里斯站不大稳,打了个晃,乔弗里不失时机地压了过来,都把他挤到草垛边上了。

乔弗里嘴唇都白了,他伫立着听那个声音,终于听到弟弟摔下去了。随之他眼前一阵发黑。他还保持着站立姿势,那是因为他麻木了,没有力气移动。他听不到下面的声音,只是依稀觉得远处传来一声尖叫。他又一次倾听,突然感到一阵惊恐。

"爹!"他大叫,扯开了嗓门儿大叫,

"爹!爹!"

峡谷中回荡着这叫声,引得山坡上的小牛抬头朝这边看。男人们的身影,他们从山底的田里纷纷跑过来。近处,一个女人正穿过高处的田野奔跑而来。乔弗里揪着心等待着。

"啊——啊!"他听到那女孩儿发出陌生的狂叫。"啊——啊!"随之是外国腔的哭叫,"啊,你死——了吗?!"

他恼怒地站在草垛上,不敢下去,只想钻进草垛中躲起来,可心情太沉重,无法弯腰躲起来。这时他听到大哥过来,喘息着问:"出什么事了?"

随后跟来的是打工的,还有他爹。

"你干什么了?"他还没有转出草垛的角落,就听到父亲问。他低沉着嗓音痛苦地说:

"他完蛋了!我不能把什么都弄到草垛上去。"

片刻的沉默后,大哥亨利干脆地说:"他没死,他缓过来了。"

乔弗里听到了,但并不为此高兴。他巴不得莫里斯死了呢。至少那样就了结了,省得弟弟责怪他,省得看着妈妈进病房。要是莫里斯死了,他决不解释,一句话也不说,他们要是愿意,宁可让他们绞死自己。如果莫里斯只是摔伤了,大家全知道了,那乔弗里就永远也别想抬起头来。大家都知道了,他还怎么做人呢?非痛苦死不可。他想落个踏实,知道得确切一点,哪怕是知道自己害死了弟弟呢。他必须要弄清楚心里才踏实,否则非疯了不可。他现在太孤独,最需要的是同情。

"没死,他醒过来了。他真醒过来了。"雇工说。

"他没有——死,他没——有死,"那外国女孩儿满怀激情怪声怪调地悠悠地说,"他没有死,没——有。"

"他需要一点儿白兰地,你瞧他嘴唇都什么色儿了,"亨利干脆冷静地说,"你能给他弄点儿来吗?"

"什么?弄?"那女孩儿没听明白。

"白兰地。"亨利清清楚楚地说。

"白兰地!"她重复道。

"你去,比尔。"父亲咕哝道。

"嗯,我这就去。"比尔说着穿过田野跑了。

莫里斯没有死,也不会死。这一点乔弗里现

在才明白过来。最重的惩罚终于没有了,他为此感到欣慰。但他不愿想自己如此继续下去,他现在宁愿退缩。过去,他曾经一次次希望自己能变得像莫里斯那样无忧无虑、敢说敢做,再也不唯唯诺诺、处处退缩。可现在他真想永远这样蜷缩起来,像一只没壳的龟。

"哈——啊,他好多了!"那女孩子疯狂地叫了起来,随之她开始哭泣,那奇特的哭声惊动了男人们,惊得牲口毛都乍了起来。她抽抽搭搭的哭泣声伴和着弟弟渐渐醒来时忍不住的呻吟声,乔弗里闻之不禁打个冷战。

雇工小跑着回来了,身后跟来了牧师。用了点白兰地后,莫里斯呻吟得更厉害了,不时打起嗝儿来。乔弗里听着,感到备受折磨。他听到牧师在询问,大家同时你一言我一语地解释起来。

"就是那个人,"女孩儿叫道,"是他打倒了他呀!"

她尖叫着,要报复。

"我看不是这么回事儿。"当爹的对牧师说,声音响亮但又似拉家常,语气中似乎在说那女孩子不懂他的英语。

· 爱岛的男人 ·

牧师结结巴巴地同他孩子的女教师说着德语。她则连珠炮似的回答着,令牧师应接不暇。莫里斯正发出微弱的呻吟声和叹息。

"哪儿疼啊,儿子,啊?"爹心疼地问。

"让他自个儿待会儿吧,"亨利冷静地说,"他至少是太紧张了。"

"你最好看看骨头有没有伤着。"牧师着急地说。

"活该他命大,掉在了那堆干草上,"雇工说,"要是掉在这截木桩子上,他就没命了。"

乔弗里在想自己会不会有勇气跳将下去。他狂热地想过让自己一头冲出草垛,只求一头扎下去死个干净利落。狂乱之中,他又希望自己别这样。一想到要如此蜷缩着在病态中走完一生,一生孤独、乖戾、痛苦,他就要大喊出声。一旦他们知道了是他从高高的草垛上把莫里斯打下去的,他们会怎么想?

人们在下面跟莫里斯说着话。那孩子已经相当清醒,能微弱地回答人们的问话了。

"你们到底在干什么呀?"爹悄声问,"你是跟咱们家乔弗里逗来着吗?哎,他在哪儿呢?"

乔弗里的心提到嗓子眼儿了。

"我可不知道哇。"亨利怪腔怪调儿地说。

"去找找哇。"爹求着他说。现在他对一个儿子放心了,又开始替另一个着上急了。乔弗里不能忍受大哥爬上来尖着嗓子好奇地质问他。于是这个有罪之人毅然决然蹬上了梯子,打了钉子的靴子往下滑了一磴。

"小心点儿,你。"过于紧张的父亲叫道。

乔弗里像个罪犯一样站在梯子下,心虚地瞟着这群人。莫里斯躺在草堆上,脸色苍白,浑身有点抽搐。那外国女孩儿跪在他的头边。牧师把这男孩子的衬衣一直掀到胸部,在他身上摸索着寻找断裂的肋骨。父亲跪在另一边,雇工和亨利站在一旁。

"找不出哪儿摔断了。"牧师说,话音儿里略带失望。

"没有摔断哪儿。"莫里斯喃喃着笑了。

爹吃了一惊。"唔?"他说着朝莫里斯弯下身去。

"我说了不是,我没伤着。"莫里斯重复道。

"你们刚才到底干什么来着?"亨利冷漠嘲弄

道。乔弗里扭过头去,他直到现在还没有抬起过头来呢。

"我怎么知道!"他阴沉地说。

"得了吧!"那女孩儿责备道,"我看见他——把他打倒的!"她甩着胳膊肘动作剧烈地比画着。亨利讽刺地撇撇嘴,上唇长长的小胡子都歪了。

"不,姑娘,没有,"脸色苍白的莫里斯笑道,"我滑下去时,他还离我远着呢。"

"啊,什么呀!"外国女子不解地大叫着。

"咿。"莫里斯开心地笑着。

"我想你是弄错了。"当爹的怜悯道,他笑着看看那女孩儿,似乎她"不行"。

"不,"她叫道,"我看见了嘛。"

"不对,姑娘。"莫里斯恬淡地笑笑说。

这姑娘是个波兰人,名叫波拉·雅布罗诺斯基,今年才二十岁,轻快如猫,笑起来也像一只猫,样子奇特。她有一头生机勃勃的金发,富有活力地卷曲着、荡漾着,衬着她的面庞。她长着一双美丽的蓝眼睛,眼睑长得很有特色,她似乎一眼就能看穿什么,随之那眼神又变得像猫一样倦怠。她的颧骨颇具斯拉夫特色,脸上布满了雀斑。很明显,那个脸色苍白性情冷漠的牧师不待见她。

莫里斯躺在她的膝上,脸色苍白地微笑着,她则像情侣一样紧拥着他。他们那副样子让人本能地觉得他们成为一对儿了。他受了伤,她随时都会为保护他而拼命。她看着乔弗里的目光充满了仇视。她弯着身用带有外国腔的英语安抚着莫里斯。

"你爱怎么说就怎么说吧。"她笑笑,随他怎么说。

"你是不是最好去看看玛格丽?"牧师说,话音里透着指责。

"她跟她母亲在一起,我听到她说话了。我这就去。"那女子漠然地笑笑道。

"你觉得你能站起来了吗?"父亲仍旧着急地问。

"嗯,还行。"莫里斯笑道。

"想起来吗?"女子抚摸着他,弯下腰,脸几乎要贴上莫里斯。

"我不急着起来。"莫里斯笑得脸上开了花。

这件事令他感到出奇地欣慰,成了主子。这令他心花怒放。他立时感到浑身充满了新的力量。

"你不急。"她重复着,琢磨着这话的意思。她笑得很温柔,她这是在伺候他。

"她下个月就得离开我们,因为茵伍德太太烦透了她了!"牧师向莫里斯的父亲不好意思地说。

"怎么,她——?"

"太疯,不听话,没礼貌。"

"哈!"

父亲莫名其妙地笑了。

"我再也不要外国女人当家庭教师了。"

莫里斯浑身一激灵,抬眼看着那女子。

"你要站起来?"她快活地问,"好了?"

他又笑了,露出牙齿来,显得很迷人。她抬起他的头,站起身来时她的手仍然抱着他的头,然后不等别人帮忙她架着他站起身。他比她高多了。他紧紧地抓住她坚实的肩膀,靠在她身上,只感到她浑圆结实的乳房紧贴在他的腹部,他笑了,喘不过气来。

"你瞧我挺好的,"他喘息着说,"就是受了点儿伤。"

"你没事儿了吗?"她兴奋地叫着。

"是的,没事儿了。"

说完他走了几步路。

"我没事儿了,爹。"他笑道。

"挺好的了,你?"她叫着,带着请求的腔调。他开怀大笑着,低头看着她,手指抚弄着她的脸颊。

"对,只要你觉得好就行。"

"只要我觉得好!"她重复着,喜上眉梢。

"她三个星期后就该走了。"牧师安慰着莫里斯他爹。

二

说话间他们听到了远处矿井上的汽笛声。

"他们下班了,"亨利漠然地说,"咱们今天用不着垛那个角了。"

当爹的焦虑地四下里张望一下。

"我说莫里斯,你肯定没事儿了吗?"他问。

"是的,我没事儿了。不是跟您说了吗?"

"那你就坐这儿,一会儿饭就送来了。亨利,你上草垛上去。基姆哪儿去了？噢,他在照料马呢。比尔,还有你,乔弗里。基姆装车,你们管卸。"

莫里斯在榆树下坐下缓缓劲儿。那姑娘跑回去了。他决心要求她嫁给他了。他自个儿有五十镑,母亲也会给他钱娶媳妇的。他想了好一阵子,不知该怎么办才好。他从车上拿下一只蒙着布的大篮子,里面装着饭。摆列开,有一大张兔肉馅饼,土豆冷盘,大块的面包,大块的黄油,还有一块厚厚的大米布丁。

这两块地离家有四英里,属于伍基家有好些年了,他家几代人一直在这地上劳作。到这代人,当爹的继续劳作,每个人都盼着干草丰收呢。这顿饭就算野餐了。他们用牛奶车运来了晚饭和茶点,是当爹的早上把车赶来的。孩子们和雇工们则是骑车来的。收干草的季节断断续续有两周。坡地下方就是阿尔弗里顿通往诺丁汉的公路,过路人多,因此夜里就得有个人宿在篷子下的干草垛中看工具。儿子们轮流夜宿于此,他们对此不以为然,因此他们急于今天干完活儿。可是莫里斯一出事,地里的活儿就拖下来,接不上茬儿了。

车装满后,大家都围坐在白布单子周围吃饭,白布单子铺展在篱笆和草垛之间的一棵树下。伍基太太总是让他们带上一块干净的白布,并给每个人带上刀叉和盘子。伍基先生对这种摆列的方式总是感到自豪,因为每样东西都安排得井井有条。

"那什么,"他快活地坐下说,"这样看上去是不是挺像回事儿?"

大家都围着白布单子席地而坐,在大树和草垛的阴凉下,边吃边眺望高处的田地。从树荫下看过去,那金色的草地像液体一样,在热气中熔化。拉着空车的马在几码开外闲荡着,然后停下来吃草。四周一切都静止了。草垛旁驾辕的马吃着草,不时丁零咣啷地松弛一下身上的束缚。男人们沉默地吃喝着,当爹的在读报纸,莫里斯靠在一副马鞍子上,亨利在读《祖国》杂志,其余的人都忙着吃饭。

这时比尔叫起来:"嘿,她又来了!"大家都抬眼望去,看到波拉端着一只盘子穿过田野过来了。

"她带了什么东西勾引你的胃口来了,莫里斯?"大哥逗他说。这时莫里斯正就着冷土豆吃一大角儿兔肉饼呢。

"嗯,要不是才怪呢,"当爹的笑道,"别吃那个了,莫里斯,你要是让人家失望可没劲啊。"

莫里斯臊眉耷眼地四下里看看,不知道拿自己手里的盘子怎么办好。

"把它拿过来,"比尔说,"我把它吃光喽。"

"给这病号儿送东西来了?"当爹的冲少女笑道,"他这会儿看上去挺好的。"

"我带了点儿鸡肉来,给他的!"她孩子气地冲莫里斯点点头,莫里斯羞红了脸,笑了。

"你不是想撑着他吧?"比尔说。

大家大笑。那女孩子没听懂,也跟着笑了。莫里斯腼腆地吃着他那份东西。

当爹的很是为儿子的腼腆心生怜意。

"过来,坐我边儿上,"他说,"呃,姑娘!他们是这么叫你吗?"

"我坐你身边,大爷。"她老实巴交地说。

"我的名字,"她说,"叫波拉·雅布罗诺斯基。"

"叫什么?"父亲问,其他人爆发出大笑来。

"再跟我说一遍,"父亲说,"你叫——?"

"波拉。"

"波拉？哦,好,是个稀奇古怪的名字,啊？他叫——"他冲儿子点点头。

"莫里斯,这我知道。"她甜甜蜜蜜地说着,盯着那当爹的眼睛笑了。莫里斯羞得脸红到了耳朵根子。

人们询问她的来历,得出结论说她来自汉诺威,她父亲是个店铺老板,她是从家里逃出来的,因为她不喜欢她爸。逃出来后她去了巴黎。

"噢,"莫里斯他爹有点怀疑地问,"你在那儿干什么呢?"

"在学校,一家女子学校。"

"喜欢那儿吗?"

"哦,不,没有生气,没有生气!"

"怎么?"

"我们出门,是两个两个的,得在一起才行,就这。哦,没有意思,没有意思。"

"嗨,原来是因为这个呀!"莫里斯他爹惊叹道,"巴黎没有意思!那你觉得英国就有意思了?"

"没,没有。我不喜欢这儿。"说着她冲牧师做个鬼脸儿。

"来英国多久了?"

"圣诞节那会儿来的。"

"以后干点儿什么呢?"

"我要去伦敦,或者去巴黎。啊哈,巴黎!没准儿结婚呢!"说着她看着莫里斯他爹的眼睛笑了。

莫里斯他爹也开心地笑了。

"结婚?跟谁呀?"

"不知道。我要走了。"

"乡下太安静了是吧?"父亲问。

"太安静——嗯!"她点头同意。

"让你做黄油和奶酪你不反对吧?"

"做黄油——嗯!"她冲他做了一个兴高采烈的手势,"我喜欢。"

"哈,"父亲笑道,"你愿意,是吗?"

她拼命点着头,目光闪烁。

"只要变个样儿,她什么都喜欢。"亨利断言道。

"我想她会的。"父亲赞同说。他们没想到她竟然全听懂了他们的话。她凝视他们一会儿,然后低头沉思起来。

"嘿!"亨利大叫着向人们发出警告。一个流浪者穿过篱笆懒洋洋地朝这边走来,此人衣衫褴褛,形销骨立,一副牛哄哄的样子。这个鬼鬼祟祟的小瘦子,尖削的下巴颏上支棱着好几天也没刮的红胡子,懒洋洋地走过来了。

"你们这儿有点活儿干不?"他问。

"有点儿活儿?"莫里斯他爹重复着说,"怎么,你没看见我们快干完了吗?"

"哎,我发现你们这儿少个帮手儿,我觉得,你们没准儿能给我干上半天的活儿呢。"

"干草都快收完了,你还有什么用?"亨利不屑地说。

那人懒洋洋地靠在草垛上。别人都坐在地上。他有点儿居高临下。

"任你们谁我都能比试比试。"他吹着牛。

"你看着像那么回事儿。"比尔笑道。

"你平常都干什么?"莫里斯他爹问。

"照理说我是个帮工的。可是我替老板干了点儿坏事儿,挨了顿揍。他倒是赚了,我给开了。他开除了我,就当是没有重用过我似的。"

· 爱岛的男人 ·

"他怎么这样儿!"莫里斯他爹同情地叫了起来。

"他就这德行!"那人强调说。

"可是我们这儿没活儿给你干呀。"亨利冷漠地说。

"这位爷说什么呢?"那人莽撞地说。

"没活儿,我们这儿没你能干的活儿,"当爹的说,"你可以吃点儿什么,要是你乐意。"

"那敢情好。"那人说。

他得到了剩下的那份儿兔肉饼,大口吃将起来。他那股子下作赖皮劲儿让亨利厌恶。其余的人则拿他当怪物。

"好吃,来劲。"那流浪汉咂巴着嘴说。

"想要一块抹黄油的面包吗?"父亲说。

"那才算个饱呢。"这就是回答。

这回那人吃得更慢了。他在场令四周的人尴尬得说不出话来。男人们都点上了烟斗。饭吃完了。

"你们不需要帮手?"那流浪汉最后说。

"不。我们能对付这点儿活儿。"

"你们从来没有缺要补吗?"

父亲攥了他一把,说:"你还算有力气。"大家不喜欢这种热络样儿,可他还是往陶瓷烟斗里添上烟,跟大家一起抽起来。

大家默默地坐着时,另一个人穿过篱笆缺口走过来,悄没声地靠近了。这是个女人,身材娇小玲珑。她脸盘儿小,脸色红扑扑的,模样憨厚,就是有点儿酸楚漠然。她戴一顶水手帽,头发紧紧向后梳着。这模样显得干净,利索,爽快。

"你找着活儿干了吗?"她问自己的男人,对别人理也不理。

他羞愧地说:"没有,他们这儿没活儿给我干。他们也就给了我一口吃的。"

这人实在是个无赖。

"你就让我在那个胡同里等上一天吗?"

"你要不愿意就别等。你可以走。"

"那,你来吗?"她不屑一顾地说。他晃晃悠悠地站起身来。

"你用不着这么急嘛,"他说,"你再等等,没准儿能等上点儿活儿呢。"

说到此,她才第一次瞟了一眼这些男人。她挺年轻的,如果不这么强硬冷酷,模样儿会挺漂亮的。

"您吃饭了吗?"莫里斯他爹问。

她带着怒气看了他一眼,扭过身去。她的脸一副小孩儿模样,跟她的表情形成极其鲜明的对比。

"你来不来?"她冲那男人说。

"他不好意思着呢。想吃就吃点儿吧。"莫里斯他爹好言相劝道。

"你都吃什么了?"她冲那男人怒视道。

"他把剩下的兔肉饼全吃了,"乔弗里说,听上去有点气恼,带点儿嘲讽,"还吃了一大块抹黄油的面包。"

"那,那是他们给我吃的。"那男人道。

那年轻的女人看看乔弗里,乔弗里也看了看她。两人之间似乎挺有缘分。他们跟这个世界都那么格格不入。乔弗里尖酸地笑笑。可她则严肃有余,竟气得笑不出来。

"这儿还有块饼呢,您来点儿?"莫里斯开心地说。

她颇为轻蔑地瞟了他一眼。

她又看一眼乔弗里,他似乎懂得她的意思。

她转过身去,默默地走开了。那男人自顾吧嗒着烟斗。大家全敌意地看着他。

"咱们该干活儿了。"亨利说着站起身脱下外衣。波拉站了起来,眼前这个流浪汉叫她颇为困惑。

"我走啦,"她讪讪地笑道。莫里斯站起身,温顺地跟着她。

"够劲儿,啊?"那流浪汉说着冲女孩儿背影点点头。男人们不怎么懂他的意思,一个个全讨厌他。

"你是不是该走了?"亨利说。

那人听话地站起身来。这是个懒洋洋的泼皮。乔弗里恨透了他,恨不得除了他。他真是个令人头疼的东西,粗俗无理,无情无义。

"也不给我点儿什么带给她。她一天没吃什么了,这我知道。我带回去,她就会吃。也没准儿她比我弄到的还多呢。"说这话时他露出妒忌而又不屑的表情。"那她就会苛对我。"他自嘲道。说着他抄起面包和奶酪,塞进口袋里。

三

乔弗里整个下午都闷闷不乐地干着活儿,莫里斯则给马刷洗。天儿热得出奇。越到下午,越是闷热,浑浊的空气把阳光搅得一片模糊。乔弗里跟比尔往车上装草,脸色还是那么阴沉沉的,不过悬着的心算是放下了,因为莫里斯没袒露实情。自打吵了架,兄弟俩谁也没搭理过谁。但他们的沉默中流露着友爱,几乎是深情。他们二人都很动情,正因此,才难以有什么交流,但内心深处,他们都十分敬重对方。莫里斯特别快活,对什么都热情洋溢。但乔弗里仍旧对大部分事物表现得沉郁冷漠。他感到孤独。干活的人们之间自由自在的交流令他茕茕孑立。可他偏偏又是个不能忍受孤单的人,很怕自己在广漠的浮尘中形单影只。他谁也信不过。

地里的活儿干得很慢。天热难忍,人人都垂头丧气的。

"咱们还得干上一天才行。"人们聚到树下喝茶时父亲说。

"可得一天才行。"亨利说。

"得有个人留下来,"乔弗里说,"最好是我。"

"不,兄弟,我来吧。"莫里斯说着,心神不定地低下头。

"今天晚上又留下!"父亲大声说,"我看你还是回家吧。"

"不嘛,我留下。"莫里斯犟嘴道。

"他想会女人呗。"亨利给大家挑明了说。

当爹的对此很是考虑了一下。

"这我可不知道哇。"他若有所思道,显得不安。

莫里斯还是留了下来。快八点时,太阳落山了,男人们骑上自行车,父亲套上马车,大家全走了。莫里斯站在篱笆豁口中看着他们走了,马车驶过收割后的草茬儿地,摇摇晃晃下了山坡,自行车在马车前迅速驶下去,像影子一样消失了。都穿过篱笆门,椴树下的路上随之响起了嘚嘚的马蹄声,他们走了。这年轻人很是激动,发现自己形影相吊,心里很是怕了起来。

夜色从峡谷里弥漫开来。陡峭的山坡上已经开始有马灯在闪烁,村舍的窗户开始亮了。一切在莫里斯眼里都显得奇特,好像以前压根儿没见过似的。篱笆那边,一棵巨大的椴树清香扑鼻,叫人感到它似乎要开口说话。这树令他吃惊。他深深地吸了口浓郁的树香,伫立着,期待地倾听。

山上,马在嘶鸣,是那匹小母马。随之,马群疾步奔向远处的篱笆,蹄声如雷。

莫里斯不知所措,自顾围着草垛不安地打转。热浪滚滚,热流如潮,晚上要等很久天才能凉快下来。他想去冲个澡。篱笆墙下有个清水槽。水槽子在低地上绿茵茵的篱笆下,一汪清泉从水槽子上方渗出来,注满水槽。水槽子上方遍布沼泽的毛茸茸的合叶子恍若青烟一样在暮色中散发着浓郁的甜香。夜色并不那么黑暗,因为天上有一轮明月。所以,当傍晚的褐色从天空上隐退后,黯淡的月夜仍然有些发白。篱笆间紫色的风铃花黯淡了下去,知更鸟儿蓬乱的粉色羽毛变得苍白,合叶子辉映着月光,看似磷光闪闪,空气中花香袭人。

莫里斯跪在条石上洗着手臂,又洗脸。那水真是清冽。还有一小时到九点波拉才能来呢。所以他决定晚上洗澡,而不是等到明天早上。他不是浑身黏糊糊的吗?波拉不是要来跟他说说话吗？一想到这，他就兴奋。他把头浸在水槽里时在想，那些光滑的淤泥里的小东西们怎么消受这肥皂味儿。他自顾乐着把衣服摁进水里。随后，他从头到脚把自己洗了个遍。他这是站在田野里一个清新但偏僻的角落里，白天里都没人能看得到他，更甭说在这朦胧的月光下了，他就像这蓬蓬勃勃的花儿一样不惹人注意。夜晚看上去与往日不同，他不记得以前看到过晚上有这种银灰色的光芒，更不曾注意过月光如此强烈，就像有人住在那银色的宇宙中一样。高大的树影像朦胧如同蒙在披风中，如果它们开始向后移动，他一点也不会感到惊讶。他擦干身子时，感到空气中有什么在悄然浮动，在轻柔地抚摸他的腹部，其滋味美妙绝伦：有时这抚摸令他震颤，乐不可支，似乎他并不孤独。那些花儿，特别是那些合叶子令他销魂。他伸出双手去触摸那种轻柔。花儿触到他的大腿。他笑着采撷花朵，将柔滑的花瓣涂了一身，香了一身。一时间他犹豫着，辨不清自己。是这灰黑的夜色让他清醒了，这世界从来没有如此亲切，如此美丽，他还从来不知道自己竟如此奇妙呢。

九点时分，他在接骨木丛下等待着，内心十分慌张,但觉得值当的,因为他感到自己的了不起之处了。她来晚了,九点一刻才来,迫不及待地飞也似的来了。

"真是的,她就是不睡。"波拉气急败坏地说。莫里斯腼腆地笑笑。说话间他们朝着昏暗的坡地里溜达开去。

"我在那间卧室里坐了一个钟头,"她愤愤地叫着,深深地吸了口气道,"呵,总算喘上这口气来了。"说着她笑了。

她很是热情奔放,浑身充满活力。

"我想,"她说起英语来拙嘴笨腮的,"我想,我喜欢——往——那儿——跑!"她指着田野那边说。

"那,咱们就跑吧!"他莫名其妙地说。

"行!"

说话间她就跑开了,他在后面追。尽管他年轻,腿长,可就是难以追上她。开始他几乎看不到她,尽能听到她衣服的窸窣声。她跑得奇快。后来他终于超过了她,抓住了她的胳膊,两人喘息着站住,相视莞尔。

"我能赢!"她十分轻易地肯定说。

"你不行!"他说着发出奇特的大笑。他们上气不接下气地走着。突然,他们遇上了三条黑影,是三匹马在吃夜食呢。

"咱们骑马吧。"她说。

"什么?光着背啊!"他说。

"你说什么?"她没听懂。

"我是说没有鞍子呀?"

"没有,对,是没有。"

"嘿,姑娘!"他冲那母马说着,说话间就抓住它额前的鬃毛,牵着它朝草垛走去,在那儿给它上了笼头。这是一匹身强力壮的高头大马。莫里斯扶女子坐好,蹬着马车轮子爬上马背坐在她前面,俩人骑马朝山上一路小跑而去,姑娘紧紧地抱住他的腰。到了山顶上,二人凭高四下里眺望起来。

天上遮着一块乌云,天色黑将下来了。左首,树木葱葱的小山一片漆黑,山下沿大路两旁的村舍里依稀明灭着几许灯光,衬得这山有趣了不少。小山的右首丛林密布。前方则是一片广漠的夜景:摇曳的村舍烛光星星点点溅落,一簇闪烁的灯群看似矿区里一场精灵的聚会;一座村庄像是一片灯火的营地,远处的铸铁厂上空一片红光微明,而最远处的城市则一片灯火阑珊。看着这远近的夜景,她的手臂搂紧了他的腰,他的臂肘也紧紧地夹住了她的胳膊。马在不安地挪动着,他们搂紧了。

"你不想这就走吧?"他问身后的姑娘。

"我跟你在一起。"她温柔地说。他能感到她贴得更紧了。他奇怪地笑笑。他怕吻她,尽管特别想。他们在躁动不安的马背上静静地坐着,凝视无尽的夜空中星星点点的灯火。

"我不想走。"他有点祈求地说。

她没有回答。马仍在不安地挪动。

"让它跑,"波拉说,"快跑!"

马不听话了,令莫里斯有点恼火。他踢它,打它,于是它一头朝山下冲去。姑娘紧紧地抱住小伙子。他们这可是在崎岖陡峭的山上骑在无鞍的马背上啊。莫里斯的手紧紧抓着,双膝紧紧夹着马。波拉紧紧抱住莫里斯的腰,头紧靠在他的肩膀上,激动得什么似的。

"咱们得下去,得下去。"莫里斯叫着,激动地大笑着。可她波拉只顾紧紧地贴在他背上。母马所向披靡地穿越过田野。莫里斯觉得随时会被甩到草地上去,拼命地夹紧了马肚子。波拉紧贴在他的背上,好几回差点儿弄得他松了手。这一对男女都在竭力挣扎着。

最终,那母马总算喘息着停了下来。波拉滑下马背,莫里斯马上也下来站到她身边了。他们都激动万分。不知不觉中他搂紧了她,微笑着吻她。他们如此这般好一阵子没有动弹,然后默默地朝草垛走去。

天黑得不行,夜空上乌云笼罩。他搂着波拉的腰,波拉也搂着他的腰。快到草垛时,莫里斯感到头上掉雨点儿了。

"要下雨了。"他说。

"下雨!"她满不在乎地说。

"咱们得把苫布给盖上。"他严肃地说。可她对此不理解。

来到草垛前,他进了棚子,出来时身上驮着沉重的大苫布,在黑暗中走得摇摇晃晃的。自打开始收草,这苫布还没用过呢。

"你要干什么呀?"波拉说着走近他身边。

"把它遮草垛顶儿上,"他说,"盖在顶儿上,省得它淋湿了。"

"哦!"她叫道,"那儿,上头!"他卸下了身上的重负,说:"对。"

他摸索着把长梯子架在草垛一侧。可是却看不清垛顶。

"但愿它稳稳当当的。"他轻声道。

几滴雨点儿敲打着苫布,听上去像还有什么人似的。巨大的草垛之间黑得什么似的,她看看这墙一样的草垛,禁不住往他身上蜷缩。

"你把它弄上去?"她问。

"对呀。"他说。

"要我帮忙吗?"她问。

她真帮上忙了。打开苫布,他先拽着苫布的一头儿爬上陡峭的梯子,她则托着另一头儿紧随其后。俩人就这样默不作声、小心翼翼地爬上了摇摇晃晃的梯子。

四

他们正往草垛上爬时,大路旁的门口亮起了灯光。是乔弗里来帮弟弟遮苫布了。他怕打扰他们,就默默地骑车到棚子那儿。草垛旁的篱笆对面有一间波纹铁顶的房子。乔弗里让车灯开路,可没有那对情人的影子。他觉得自己看到了有个影子躲开了。自行车灯淡黄的灯光在黑暗中扫过田野,照亮了雨点儿、雨雾、叶影和摇曳的草丛。乔弗里进了棚子,可那儿没人。他慢慢地走着,任性地朝草垛走去。他走过马车时听到有什么朝他倒下来。他朝后退一步,躲开墙一样的草垛,只见高高的梯子沿垛墙滑下,带着刺耳的响声倒在地上。

"什么声儿?"他听到莫里斯在高处小心地询问。

"什么东西倒了?"是那女子怪里怪气但近乎开心的声音。

"不会是梯子吧?"莫里斯说着扒着草垛扫了一眼。然后又趴下看看。

"是,啊!"他叫道,"咱们把梯子撞倒了,布也跟着掉下去了,快往上拉。"

"咱们就困在这儿?"她颤抖地叫着。

"是啊,要不我大声喊,让牧师家的人听见。"

"哦,不嘛。"她赶紧说。

"我才不呢。"他说着笑了。一阵急雨扑打着苫布。乔弗里躲到另一座草垛下去了。

"小心你脚底下,这儿,让我来拉直这一头儿,"莫里斯十分体贴地说,既是命令又是爱抚,"咱们得坐在它下头,反正是淋不着了。"

"淋不着!"女孩儿重复着,放心了,但又有些激动。

乔弗里听到草垛上苫布拉拉扯扯的沙沙声,还听到莫里斯叫她"小心"。

"小心!"她学舌道,"小心!你说'小心'!"

"嗯,我要是不呢?"他笑道,"我并不想让你掉下去,不是吗?"他的口气很硬,但又对自己吃不准。

他们好一会儿没作声。

"莫里斯!"她说,声调可怜巴巴的。

"嗯?一会儿就没事了。"他略带愠怒地哄她。

"我没事儿,"她重复道,"我没事儿,莫里斯。"

"你知道你没事儿。我不能管你叫波拉。我能管你叫咪妮吗?"

咪妮是一个死去的姐妹的名字。

"咪妮!"她惊叫起来。

"对,行吗?"

她操着浓重喉音的德文回答了他,惹得他大笑,笑得浑身颤抖。

"来,过来到这下边儿来。你觉得你想回牧师家躲躲吗?要我叫什么人来吗?"他问。

"我才不呢,不!"她火儿了。

"肯定不吗?"他坚持道,几乎要发火。

"肯定,我肯定。"她笑了。

听到最后一句,乔弗里转身走了。雨下大了。孤独的哥哥没精打采,痛苦地走向小棚子,雨点儿在棚顶上噼噼啪啪敲打得正欢。他难过,嫉妒死莫里斯了。

他的自行车灯朝下亮着,在三面墙的棚子地上洒下微黄的光,照亮了脚印斑斑的土地面,一把把工具撂到房梁那么高,边上是颜色发灰死气沉沉的金属架子。他摘下车灯,在棚子里照了一圈。屋里堆着马具、工具、一只巨大的糖盒子、一堆高高的草垛,再有就是波纹铁皮顶子上的房梁,都那么死气沉沉,那么硬邦邦的。他将车灯往黑暗中照照:夜空中什么也没有,只有雨点儿穿过夜雾悄然落下,四下里黑影绰绰。

乔弗里吹灭了车灯,冲向草垛。他想替他们架上梯子,不定什么时候他们要用呢。他坐在那儿,艳羡莫里斯的福气。他原先只是想象,现在可是有了具体目标了。在他的一生中,还没有什么能像这个女人一样如此撩拨他的心呢。波拉是个奇特的外国人,跟普通的女孩儿不一样:她比任何他认识的女孩儿都更加撩人,更有女人味儿,更靓丽,更迷人。于是在她跟前,他更感到像一支蜡烛旁的飞蛾。他本来是可以疯狂地爱她的,可是却让莫里斯捷足先登了。他一遍又一遍地想着同一个问题:亲吻她,让她搂住你的腰,那是什么滋味儿?她对莫里斯有什么感觉,愿意抚摸他吗?莫里斯行吗,能迷住她吗?她是怎么看他的?她几乎看不上他,就像拿田野里的一匹马不当一回事一样。她为什么要这样?他又为什么不能让她肃然起敬,去取代莫里斯?他决不要那样强求一个女人的尊敬,他总是对她让步得太快。如果有个女人能看清他的价值,啊,那该有多好呀,尽管他那么窝囊,那么倒霉。他真想吻她啊。他如此这般想了又想,像个疯子一般。雨点子在棚顶上敲得山响,不一会儿变得轻柔了,变成了滴答声,在屋外滴落。

乔弗里的心跳到了嗓子眼儿,缩紧了身子。有一个黑影围着棚子的柱子转悠,弯着腰走了进来。年轻人的心剧烈地跳动着,喘着说不上话来。这是惊讶而不是恐怖所致。那个影子朝他摸索着走过来了。他跳将起来,张开大手抓住了它,喘息起来。

"抓住了!"

没有反抗,只有一声绝望的啜泣。

"让我走。"是女人的声音。

"你想干什么?"他声音低沉,粗暴地说。

"我觉得他就在这儿。"她绝望地哭泣着,发出轻轻的抽抽搭搭声。

"你见到你不想见的人了,是吧?"

听他的口气这么霸道,她想离开他。

"让我走吧。"她说。

"你在这儿想见到谁呢?"他问,这回声调自然多了。

"我丈夫,吃饭时你见过他了。让我走吧。"

"怎么,是你呀?"乔弗里叫道,"是他甩了你了?"

"让我走。"女人阴郁地说着想挣脱开。他发现她的袖子湿得厉害,握在手中的她的胳膊很是细弱。突然,他感到惭愧得慌:没错儿,他伤害了她,攥得人家太紧了。他的手松开了一些,但还是没有放开她。

"那你在这儿东找西找,找得就是那个卑鄙小人吗,吃饭时见到的那个?"他问。但她没有回答。

"他在哪儿甩的你?"

"是我甩的他,就在这儿。从那以后就再也没看见他。"

"我倒觉得没他更好。"他说。她没回答。他干笑一声,说:

"我觉得你是再也不想见他了。"

"他是我丈夫,只要我拦着他,他就跑不了。"

乔弗里卡壳儿了,不知该说什么才好。

"你穿没穿外衣?"他问。

"你什么意思?我带着呢。"

"你湿透了,不是吗?"

"我没法儿干着,雨那么大。可他不在这儿。

我还得走。"

"我是说,"他谦卑地说,"你是不是湿透了?"

她没有回答。他感到她在发抖呢。

"你冷吗?"他感到惊奇,关心地问她。

她没有回答。这让他不知道该说什么。

"等等。"他说着从口袋里翻找火柴。他擦亮了火柴,将火柴拿在自己粗硬的大手中。他是个大个子,看上去很是焦虑。借着照在她脸上的火光,他发现她脸色挺苍白,一脸的倦容,头上那顶旧海员帽子淋了雨,耷拉着。她身穿一件质地光滑的浅褐色短上衣,上面淋了雨的地方黑乎乎湿透了,裙子也湿了,直往靴子上滴答水。这时火柴烧完了。

"啊呀,你湿透了。"他说。

她没有说话。

"你要不要在这儿等雨停了?"他问。可她并不回答。

"你要是待在这儿,最好把衣服脱了,裹上毯子。箱子里有一块盖马的毯子。"

他等待着,可她就是不开口说话。于是他点亮了车灯,在箱子里摸索着抻出一条棕色带猩红和黄条的大毯子来。她纹丝不动地站着。他用灯照照她,发现她脸色苍白,浑身颤抖着。

"你特别冷吗?"他关切地问,"脱了外衣,摘了帽子,把这个裹上吧。"

她木呆呆地解开那浅褐色的大扣子,摘了帽子。她的一头黑发向后梳着,显得眉毛靠下,规规矩矩的。这样子不那么像姑娘了,倒像个因生活所迫早熟的女人。她身材娇小、灵巧,眉清目秀的。可现在她浑身发抖,直抽搐。

"你不要紧吧?"他问。

"我走到布尔威尔,又走了回来,"她颤抖着说,"就为了找他,从早到晚水米没沾呢。"她并没哭,因为她疲惫心烦,哭不出来。他惊讶地看着她,张嘴说:"天!"莫里斯就爱这么说。

"你什么都没吃呢!"

说着他转身去翻箱子,剩下的面包都存那儿,还有那块大奶酪、糖和盐什么的,桌上的用品全在里面,还有点儿黄油呢。

她疲惫地坐在草堆上。他为她切了片面包,抹上了黄油,还夹上奶酪。这她要了,可吃得无精打采的。

"想喝点什么。"她说。

"我们这儿没啤酒,"他说,"我爹不喝。"

"我想喝水。"她说。

他拿起一个罐头盒,一头冲进湿漉漉的黑夜中,沿着那黑乎乎的篱笆墙根儿,下山到水槽边。回来时发现她裹紧了毯子坐在灯光昏暗的棚子里。水淋淋的草弄湿了他的双脚,他顾不上了,因为心里想着她呢。给她递水时,她的手碰上了他的,他感到她的手指头热乎乎、光溜溜的。她的手在发抖,把水弄洒出来了。

"你难受吧?"他问。

"我止不住,是又累又饿闹的。"

他抓挠着脑袋苦想着,等她吃那片抹黄油的面包。吃完了,他又要给她一片。

"这会儿我不想吃。"她说。

"你总得吃点儿什么吧。"他说。

"现在我吃不下了。"

他犹豫不决地把面包片放在箱子上。随后是一阵长长的沉默。他垂着头站了起来。那辆自行车像一头休息的动物,头朝着墙,闪闪发光。那女人弓着背坐在草堆上发抖。

"你暖和点儿了吗?"他问。

"我会一点点暖和起来的,让你费心了。我占了你的地方了。你今天要在这儿过夜吗?"

"是的。"

"我这就走。"她说。

"不,我不想让你走。我在想怎么能让你暖和起来呢。"

"别为我操心了。"听话茬儿她是有点儿恼了。

"我是来看草垛的。你就脱了鞋袜,把湿了的衣服全脱了,裹上那块毯子,你个头儿小,毯子够用。"

"这会子正下雨呢,快停了,我说话就走。"

"我去看看草垛有情况没有。把湿衣服脱了吧。"

"你还回来吗?"她问。

"没准儿不了,得到早上呢。"

"哦,这雨说话就停。我不该待在这儿,我也不能让人为了我待在外头哇。"

"你不会把我赶出去的吧。"

"不管怎么样,我不会待在这儿的。"

"好了,等我回来再走行吧?"他说。她没言语。

他出去了。他刚走不一会儿,她就吹灭了灯。雨一个劲儿下着,夜色漆黑一片,四周一片寂静。乔弗里四下里听着响动儿,除了雨声就是雨声。他站在草堆之间,可只听到了细细的流水声和沙沙的雨声。一切都消失在黑夜中了。他想,死也不过如此吧,不少东西在沉寂中被黑暗消融了,抹掉了,但仍旧存在着。在这漆黑的夜色中,他感到他自己几乎销匿了。他怕的是看到的东西跟从前不一样了。他跌跌撞撞近乎疯狂地摸索着往回走,直到自己的手摸到了湿漉漉的金属。他一直在找一丝亮光。

"是你把灯吹灭的?"他问道,担心回答他的是沉静。

"是的。"她可怜巴巴地回答。听到她的声音他真高兴。他摸索着进了漆黑的棚子,撞上了箱子,只听得一阵东西叮咣落地的声音,这箱子的一部分是当桌子用的。

"是灯、刀子和杯子掉了。"他说着擦亮了火柴。

"杯子没碎。"说着他把杯子装进箱子里。

"可是油灯里的油洒了。这件又老又破的东西。"他赶忙吹灭了火柴,都烧到他的手指头尖儿了。然后他又点亮了另一根。

"你不想让灯亮着,是吧。那我就走了,你躺下歇着吧,我不占你的地方儿。"

他借着火柴的光亮看着她。她看上去就像奇特的一小捆儿东西,整个儿是棕色的,亮丽的毯子边儿露出来了,一张小脸儿冲着他。火柴快灭时,她发现他露出了笑容。

"我坐这头儿就行了,你躺下吧。"

他进来坐在草堆上,跟她隔了一段儿。

"他可真是你男人?"他问。

"就是嘛!"她严肃地说。

他只是"哦"了一声,就又不说话了。

不一会儿他又问:"你这会儿暖和过来了?"

"你干吗操这份心呢?"

"我没操心。你跟着他是因为你喜欢他吗?"他小心翼翼问,他就是想知道。

"不,我巴不得他死了呢。"说这话的口气很是轻蔑。但随后又一字一顿地说:"可他是我老公。"

闻之他扑哧一声乐了,说:"真的!"

随后他又问:"结婚有年头儿了?"

"四年了。"

"都四年了,那你有多大了?"

"二十三。"

"刚二十三吧?"

"五月份就够了。"

"那你比我大四个月。"他对此琢磨了一番。漆黑的夜里只有他们两个人的声音在响,令人不安。

沉默了一会儿,他问:"那你就这么流浪吗?"

"他以为他是在找工作呢,可他压根儿什么工作也不想干。我跟他结婚时他在切斯特菲尔德的马贩子那儿当马夫,我是那儿的女仆。孩子刚两个月,他就不干了,从此逼得我四处奔走。人们都说打滚儿的石头不生苔,老这么流浪下去——"

"孩子在哪儿?"

"十个月上就死了。"

话说到这儿他们都没话可说了。过了好久,

乔弗里才试探着说句同情的话儿:

"你是不指望什么了。"

"我指望过无数次了,夜里我浑身发抖,病得要死。可我们不是说死就能死呀。"

他沉默片刻,结结巴巴地说:"那你可怎么办呢?"

"我要找到他,只要我守在路边上。"

"为什么?"他好奇地朝那边看过去,尽管看到的只是黑暗。

"我非找到他不可。不能什么都照他的法子来。"

"可是你为什么不离开他呢?"

"因为我不能什么都照他的法子来。"

她口气极其坚定,甚至有点报复的意味。他坐着胡思乱想,深感不安,替她难过得慌。她十分安静地坐着,似乎只是一个声音,一个精灵。

"你现在暖和过来了吗?"他问,心里还略有恐惧。

"热乎点儿了,可是我的脚啊!"听上去很是可怜。

"让我用手给你暖暖吧,"他说,"我还是挺热的。"

"不,谢谢。"她冷漠地说。

说完这话,她在黑暗中觉得自己伤害了他。他让她撅得难受,好心没得好报。

"我的脚怪脏的。"她颇为自嘲道。

"呃,我的也是,话说回来了,我差不多天天洗澡。"他说。

"我不知道得多久才能暖过来。"她悲叹。

"来吧,把它们放我手里。"

她听到他轻轻地擦火柴盒,随之他那边亮起了一团磷光。然后他手持两团冒着青烟的火苗向她的脚靠过去。她怕了。可她的脚感到疼了,这种感觉促使她将脚底部轻轻地放在那两股青烟上。他那双大手握住了她的脚背,那是一双温暖又结实的大手。

"这脚像冰一样!"他十分心疼地说。

他尽力暖她的脚,将那双脚捧得离自己很近。她会时不时地感到自己浑身震颤,脚尖上能感到他的温暖,那双脚就捧在他的手里。她朝前倾斜了身子,手指尖轻柔地抚摸着他的头发。他为之一振。她开始小心翼翼用指尖轻轻地梳理他的头发。

"好点儿吗?"他轻声问着,猛然朝她抬起头来。她猝不及防,手滑落到他的脸上,手指尖落到他的嘴上,赶紧抽回来。他伸出一只手去捉她的手,另一只手攥住了她的双脚。他那只摸索中的手碰到了她的脸,好奇地摸起来。那张脸是湿的。他小心地将自己的粗大的手指头放在她的眼角,触到的是两汪泪。

"怎么了?"他压低声音,哽咽道。

她倾下身子,紧紧地搂住了他的脖子,因着痛苦而发疯地将他拥进自己怀中。过去四年中她对生活万念俱灰,耻辱和沦落感挥之不去,让她变得性格孤僻,意志刚强,直至她的大部分天性变得麻木迟钝了。现在她又变得柔弱,她生命的春天会很美丽。而在这前她已经走上了通往丑陋老妇的路了。

她将乔弗里的头拥进自己的怀里,她的胸怀在随着喘息起伏着。他惊呆了,充满了幻想,任这女人怎样都行。她在无声地哭泣着,泪水落在他的头发上。他也像她一样大口地喘息着。最终她松了手,他一把搂住了她。

"来,让我暖着你吧。"他说着,抱她躺在他的膝上,强壮的手臂将她揽向自己怀中。她很是娇小温存。他紧紧地抱着她,暖着她。过了一会儿,她抽出一条胳膊来拢着他。

"你真大。"她喃喃道。

他将她拥得更紧了,开始低头把嘴巴凑过去寻觅着。他的唇触到她的额头了。她缓缓地迎合着,将自己的嘴巴递过去,张开双唇跟他接了一个吻,这是他的第一个爱情之吻。

五

乔弗里醒来时,正是寒冷的黎明。那女人仍睡在他的臂弯中。女人熟睡中的脸唤起了他全部的柔情。她紧闭的嘴巴似乎表明她决心承受任何难以承受的东西,这张嘴巴的样子同她娇小的面庞形成了对比,叫人顿生怜意。乔弗里将她紧紧抱在怀中。有了她,乔弗里感到他就能够击溃那些蔑视他的口舌,挺起腰板儿来,秋毫无伤。有她来完善自己;他就有了主心骨儿,从而变得坚强、健全。他是那么需要她,爱她爱得发狂。

· 爱岛的男人 ·

就在此时,天亮了,却亮得死气沉沉的,是姗姗来迟的一个灰蒙蒙、又冷又湿的早晨。天色缓慢而痛苦地变亮了。但乔弗里发现并没有下雨。盯着屋外变化中惨白天色的同时他还意识到了别的什么。他朝下瞄了一眼,发现她大睁着眼睛在看他呢。她长着一双金棕色的眼睛,眼神平静,立即冲他流露出会心的笑意。他也笑了,笑着低下头去吻她。他们好久没说话,良久,他才好奇地问她:

"你叫什么名字?"

"丽蒂娅。"她说。

"丽蒂娅!"他好奇地重复道,显得很是腼腆。

"我叫乔弗里·伍基。"他说。

她只是冲他笑笑。

他们沉默了好久。在清晨的光线里,任什么都看着小。夜里觉得高大的树木,现在萎缩成了灰不溜秋的小东西,在苍白的天空中显得多余。雾正浓,光线难以穿透。一切似乎都在寒冷中病病恹恹地颤抖着。

"你常在外头睡觉吗?"他问。

"不怎么经常。"她说。

"你不会追他了吧?"

"我不得不这样。"话是这么说,身子却朝乔弗里依偎过来。这令他突然生出惊恐。

"别这样。"他叫道。她看出来了他是怕他自己。她随他去,不说话了。

"我们难道不能结婚吗?"他若有所思地说。

"不能。"

他对此很是费了一番心思,终于说:

"你能跟我去加拿大吗?"①

"看吧,两个月以后看你还怎么想。"她平静地说着,一点也不显得痛苦。

"我还会这么想。"他感到受了伤害,反唇相讥道。

她没有回答,只是平静地看着他。她是要随他愿意怎么对待她的,但是她不会坏了他的财运,不,不,也不要拯救他的灵魂。

---

① 十九世纪末,政府鼓励人们移民到殖民地或自治领,如加拿大、南非和澳大利亚。劳伦斯的亲戚中有好几位移民。移民到北美是劳伦斯小说中经常出现的情节。《白孔雀》中萨克斯顿家想移居北美。《牧师的女儿们》中男主人公决定移民到加拿大。《你摸过我》里面也有类似情节。

"有什么亲戚吗?"他问。

"在克里契有个出嫁的姐姐。"

"在农庄上?"

"不,嫁给了一个农庄雇工,不过她过得挺舒服的。我可以去那儿,如果你想让我去的话,等我找到个有活儿干的地方再说。"

他对此想了想。

"你能找一家农庄吗?"

"在格林哈尔有个农庄。"

他觉得以后有指望了:她会成为他的帮手。她同意去找她姐姐,找个有活儿干的地方。到春天,他说,他们就坐船去加拿大。他等待着她的同意。

"你会跟我走吗?"他问。

"时机成熟了就行。"她说。

她对他的不信任令他垂下头。她有理由不信任他。

"你能不能走到克里契去?或者从朗利磨坊到安伯门?只需要走上十英里。从那儿,咱们就可以一块儿上亨特山。你得从我家街口过,我可以抽身回去给你取点儿钱——"他臊眉耷眼地说。

"我身上有半镑钱,且花着呢。"

"让我看看。"他说。

她在毯子底下摸索了一阵子,掏出了那张钱票。这让他觉得她是不靠他的。痛苦地想了一想,他告诉自己她会离自己而去。他因着愤怒而鼓起勇气问:

"你去打工时是用自己的名字吗?"

"不。"

他愤然,恨透了她。

"我发誓再也不见你了。"他说着狠狠地发出一声干笑。她张开双臂搂住他,用力将他拥进自己的怀里,泪水随之涌上眼眶。他因此放心了,但并不觉得满足。

"今天晚上能给我写信吗?"

"是的,我会的。"

"那,我能给你写吗? 我写给谁呢?"

"写给布里顿太太。"

"布里顿太太!"他痛苦地重复道。此时他感到十分不安。

天色大白了。他看到灰蒙蒙的雾气中篱笆在

滴着水。这时他对她讲了莫里斯的事。

"哦,你不该!"她说,"你应该把梯子给他们竖起来,你应该这样。"

"我,我才无所谓呢。"

"去吧,这就去弄,我要走了。"

"不,你别走。等着见见我家莫里斯,等等,那样我才好告诉他呀。"

她默许了。他得到了她的许诺,说等他回来再走。她整了整衣服,到了水槽边,方便了一下。

乔弗里溜达着到坡地上方去。雾气中,草垛湿漉漉的,篱笆水淋淋的。尘雾从草地上升起,像水汽一般,附近的小山被雾气笼罩着,看上去影影绰绰的,峡谷里,一些杨树梢儿翘首挺立,倒是显得轮廓清晰。他不禁冷得打哆嗦。

草垛那边没声儿,他什么也看不见。他想也许他们不在那儿了。可他还是把梯子扶起来放到原来的地儿,然后到篱笆墙下去拢干树枝。他正在一棵冬青树下撅着死树杈,突然听到宁静的空中有人说话:"呀,我湿了!"

他倾听着。是莫里斯醒了。

"你坐这儿来!"是那小子的叫声。

随后响起了那个外国女孩儿的声音:"什么,哦,哪儿呀!"

"嘿,梯子就在那儿呢。"

"你说过它倒下去了。"

"是呀,我是听到它倒下去了,可我既摸不着,也看不着啊。"

"你说它倒下去了,你瞎说,你是个骗子。"

"不是,我明明在这儿——"

"你跟我说瞎话,让我在这儿过夜,你骗我——"她气得什么似的。

"我明明是站在这儿——"

"瞎说!瞎说!瞎说!"她叫道,"我不信,再也不信你了。你下作,你下作,下作,下作!"

"行了吧!"现在轮到他发火了。

"你这个坏蛋,下作,下作,下作。"

"你下来不下来?"莫里斯冷漠地问。

"不,我才不跟你走呢,你卑鄙,竟然对我说瞎话。"

"你下不下来?"

"不,我不想要你。"

"那好吧!"

· 爱岛的男人 ·

乔弗里透过冬青窥视着,发现莫里斯在试那梯子。梯子的最高一磴比草垛的边沿还低了点儿,靠在苫布上,因此往下走挺危险的。那女子从草垛顶上苫布的那一边看着他。他悄悄地往下滑着,引得她尖叫起来。他上了梯子以后,就撤了苫布,将布朝身后扔开,以便她下来。

"你下来不?"他问。

"不!"她剧烈地摇着头,很不高兴。

乔弗里感到有点儿看不起她。可莫里斯还是在等待着。

"下不下来?"他叫道。

"就不!"她火了,像只野猫。

"那好吧,我走。"

他下了梯子。到了下头,他扶着梯子站好,说:

"来吧,我扶着呢,稳当。"

没有回答。他一只脚蹬着最下面的一磴耐心地等了好一阵子。他脸色苍白,一脸的倦容,冻得浑身缩成了一团。

"你到底下还是不下来?"他终于发出了最后通牒。

上头还是没有回答。

"那就待上头吧,待够了再说。"他咕哝着走了。走到草垛另一边时,跟乔弗里走了个对面儿。

"你怎么在这儿呢?"他叫起来。

"都在这儿蹲一宿了,"乔弗里说,"我是来帮你遮苫布的,可我发现都遮上了,梯子也倒了,我就以为你走了呢。"

"是你把梯子支起来的?"

"是我。"

莫里斯想了一想。乔弗里努力跟自己斗争着走出自己的谎言圈套。他终于脱口而出道:

"你知道昨天吃饭时来的那个女人吧,她又回来了,在棚子里躲了一宿雨。"

"啊——哈!"莫里斯说着眼睛亮了,苍白的脸上泛起了笑意。

"我得给她弄点儿早餐。"

"啊——哈!"莫里斯又这么重复了一声。

"是那个男人没出息,不是她。"乔弗里声辩道。莫里斯觉得自己没资格说他。

"你可以去看看嘛,"他说,"看她怎么样了。"乔弗里很是平静,不像自己。莫里斯倒似乎有点烦,有点焦虑,乔弗里以前可没见过他这样。

"你怎么了?"哥哥问,他心里高兴了,坦然了。

"没什么。"莫里斯这样回答。

他们一起来到小棚子里。那女人正叠着毯子。她刚梳洗了一番,看上去清清爽爽,很有几分姿色。她的头发不再紧紧地盘在脑后,而是低低地挽了个发髻,头发将耳朵半遮着。原先她是故意将自己弄得姿色全无,现在她整洁俏丽可人,一身的女人魅力。

"你好,没想到在这儿见到你。"莫里斯尴尬地说着,笑笑。她阴郁地看着他,没有回答。"不过,昨天夜里在棚子中总比在外头强。"他补充道。

"是的。"她回答。

"你能多弄几根树枝来吗?"乔弗里问道。支使别人对乔弗里来说还是头一遭呢。莫里斯言听计从,晃晃悠悠走进了外头潮湿寒冷的清晨里。他没有到草垛那儿去,因为他要躲避波拉。

乔弗里在棚子门口生起火来。女人从箱子里拿出咖啡来,乔弗里把马口铁罐放到火上煮了起来。他们准备早餐时波拉来了。她没戴帽子,头发上还沾着几根草呢。一脸苍白的她看上去并不得意。

"啊,是你们呢!"看见乔弗里,她叫了起来。

"你好!"他回答道,"这么早就出来了?"

"莫里斯呢?"

"不知道,他这就该回来了。"

波拉不说话了。

"你什么时候来的?"她问。

"昨天夜里就来了,可是我谁也没见着。我忙了一阵子,还支上梯子准备给草垛遮上苫布呢。"

波拉明白了,不说了。莫里斯抱着柴捆回来时,她正蹲着烤手呢。她抬头看着他,可他却把头扭过去不看她。乔弗里的目光与丽蒂娅的目光相遇了,笑了。莫里斯把手伸过去烤火。

"你冷吗?"波拉温柔地问。

"有点儿。"他很是友好地回答,但显得很拘谨。四个人都围火而坐,喝着浓浓的咖啡,每人吃着一小片烤咸肉。波拉急切地盯着莫里斯的眼睛,可他却躲着她的目光。他温存,但决不看她的眼睛。而乔弗里则不停地冲丽蒂娅笑着,可丽蒂娅则一脸的阴沉。

那德国姑娘平平安安回了牧师家,她溜出去的事除了家里的女仆别人都不知道。不出一星期,她就同莫里斯订了婚,待她的解雇期一到,她就到农场上住了。

乔弗里和丽蒂娅则以心相许了。

肉 中 刺

一

起风了,杨树叶子在风中时不时泛白,像燃着火一般。天上流云阵阵,一会儿阴一会儿又露出碧空。平畴上阳光斑驳,而黑麦地和葡萄园中则阴影片片。远处,大教堂直耸入碧蓝的天空,梅斯城轮廓模糊的片片房舍聚拢在一起,恰似一座小山。

营房就在椴树林旁的田间。这些空旷干燥的土地上建起的临时木头棚子,圆屋顶是波纹铁皮铺就,上面爬满了士兵们种下的鲜艳的旱金莲。兵营旁有一片菜园子,军人们在里面种上了一畦畦嫩黄的莴苣;兵营后面是地面坚硬的练兵场,围着铁丝网。

这个午后时分,棚子里空无一人,所有的床铺上被褥都叠了起来,士兵们在椴树下溜达着等待训练的命令。巴克曼坐在树荫下的板凳上,树上的花儿散发着腻人的味道。淡绿色的椴树上散落下花儿的残瓣。他在给母亲写每周一次的明信片。这小伙子头发淡黄,皮肤白皙,身材颀长,动作灵活,长得不错。他十分安静地坐着写他的明信片。他躬身写明信片时,那身蓝制服看上去松松垮垮的,丝毫显不出他那青春的体型。他晒得黝黑的手在静静地等待着字词。"亲爱的妈妈"是他写下的仅有的几个字。然后他的手木然地写着:"十分感谢您的来信和寄来的东西。我一切都好。我们就要到工事上练兵了——"写到这儿他停下了笔,旁若无人地沉思起来,卡壳了。他又看看明信片,可是再也写不出别的字来。他脑子里就是想不出一个字来了。他签下自己的名字,然后抬头看看是否有人注意他的秘密。

他蓝色的眸子里透着一丝紧张,嘴唇有点儿发白,发白的嘴唇上细嫩的淡黄胡须闪着微光。

他模样秀气,举止优雅,有点儿像女孩子。不过他挺有军人意识,似乎他相信自己该约束自己并且乐于恪尽职守。他的嘴巴和灵活的躯体都透着青春的活力和胆大妄为,但这一切此时都含而不露。

他把明信片装进短上衣的口袋里,就去找歇在树荫下粗声大气说笑的伙伴们去了。今天他待在了他们圈儿外,他只是靠近他们感受着他们的热情,理性中有什么东西让他约束着自己。

不一会儿,他们就被召集起来排上了队。中士出来指挥了。这是个身体粗壮的四十岁左右的中年人。他伸着脖子,脑袋有点儿像陷在强壮的双肩中似的,突出的下巴显得很是强势。但因为酗酒,他双目红肿,脸上表情麻木。

他粗声吼叫着发出命令,这一小队人马就从铁丝网圈住的院子里走出,来到大路上,有节奏地踏着步子,踢腾起一溜烟尘来。巴克曼排在最中间的四个人里头,在密不透风的队伍中走着,连热带闷带呛,几乎要窒息了。透过伙伴们移动的躯体,他能看到路边沾满尘土的矮葡萄藤,野豌豆丛中的罂粟花震颤着,散落成碎片,而远处的天空和田野则沐浴在清新的空气和阳光中。可他却焦躁不安,心中一片黑暗。

他仍像往常一样自如地行进着,他这人身体健康,很会自我调理。不过那只是他的躯体在机械地移动着,他的脑子早神魂颠倒了。这一小批士兵越走近镇子,这小伙子就越是紧张得魂飞魄散,只有他的肉体在木然行动,丢了魂儿一般。

他们下了大路,成一路纵队走上了一条林中小路。这里一片寂静,葱茏而神秘,树影婆娑,绿草如茵,煞是安宁。不久他们走出了林荫路,走入阳光下的一条壕沟畔,它就在土方工事下开满鲜花的高高草丛中静静地蜿蜒。眼前耸立着的工事墙体拾级而上,表面很光滑,但顶上却生着高高的草丛。雏菊和凤仙花在葱茏的草丛中闪着白影和金光,如此静谧的工事上花草竟然长得这般好。四下里则长满了密密丛丛的树木。偶然吹来一阵神秘的风,会吹得工事上这些花花草草垂首摇曳,似乎像听到了警报一般行动起来。

这群士兵站在壕沟的边上,他们那淡蓝和猩红两色的制服显得十分鲜亮。中士在发号施令,那叫喊声在这片十分寂静的地方显得刺耳吓人。大伙儿听着,但怎么努力听也听不懂他在喊什么。

他喊完了,人们散开去做准备了。壕沟的对岸,工事周围的土墙在阳光下显得光滑而洁净,稍稍向内倾。墙头上生着荒草,草丛中冒出些高大的雏菊,在墨绿色的树梢映衬下看上去颇为神秘。喧闹的市声,电车的隆隆声能听得清清楚楚,但那些声音却无法刺破这里的宁静。

壕沟里的水凝滞着。演习默默开始了。一个士兵提着一架云梯沿着工事下狭窄的边沿挪动着,试图将梯子固定在微微倾斜的工事坡墙上,壕沟就在他身后。那士兵独自一人站在墙下,显得又小又孤单,想法子要把梯子支上。折腾了好久总算梯子稳住了,随之他那身着肥大蓝制服的身躯开始往上爬,其余的士兵们伫立旁观。那中士时而吼叫着发出一声命令,那身着蓝制服的拙笨身躯缓缓地朝更高处爬去。此情此景令巴克曼吓得快尿裤子了。那个向上爬的士兵朝上方的窄台阶爬去,他那清晰的蓝色身影在油亮的绿草丛中移动着。当官儿的在下面号叫着,那士兵移动着,将梯子固定在另一处,然后小心翼翼地往下面的台阶移动。巴克曼看着那人的脚盲目地寻找着梯子磴,仿佛觉得脚下的地陷了下去。那个士兵的身子缩着伏在墙壁上,紧紧地贴着墙面,探索着朝下挪动着,就像一只虫子犹豫不定地朝下挪动着,步步惊心。最终那人大汗淋漓、龇牙咧嘴地安全下来了,回到了士兵们中间,但他看上去仍旧浑身僵硬,表情麻木,没个人样儿。

巴克曼心情沉重地站在那儿,像个犯人等着轮到自己上去丢人。有些人爬得轻而易举,没有一丝的害怕。那不过表明这事儿可以做得轻轻松松而已,但唯其如此,更令巴克曼心里难受。他要是能做得那么驾轻就熟就好了。

该他了。他凭直觉知道没人知道他的状态。当官的仅仅把他当成木头人。他尽量在表面上保持这种样子。可他的内心却很紧张,不过他还是含而不露地拿起梯子顺着墙根走过去。他很麻利地就把梯子架上了,随之他心里有了希望,为此心里感到发狂发抖。然后他开始盲目地向上爬起来。可是梯子并不很稳当,每抓一次他都感到特别恶心,感到自己要散架子了。于是他紧紧地抓着梯子,他知道只要他能稳住自己,他就能撑下来。他懂,为此感到痛苦。可他不明白的是,每当梯子扭动起来他为什么就感到巨大的恐惧从心头涌上来,这恐惧令他五脏六腑和关节都化了、瘫了,让他一点劲儿都没了。一旦他的五脏六腑和关节都瘫软融化了,他就完蛋了。他只能拼命挺住。他懂得这种恐惧,知道这恐惧袭上心头的滋味,他知道他只能拼命抓紧。他懂得这一切是怎么回事。可每当梯子扭动了,脚踩空了,他就吓破了胆,浑身融化瘫软,越来越无力,吓得没了魂儿,只等着掉下去了。

可他慢慢摸索着越爬越高了,一直一脸绝望地凝视着上方,也一直明白离地面有多远。可是他全副身心都越来越热,热到要融化的地步。他真想彻底放弃算了,一了百了。突然他的心一阵急跳,先是令他恶心地一沉,又一跳,随后感到一阵恐惧。他贴在墙上,木然不动,如同死了一般,僵在那里,但他内心深处感到焦躁,知道这一切还没有完,他还高高地贴在墙上呢。但他已经没了主心骨了。

这时他感到一种小小的异样,这让他清醒了一些。这是什么?渐渐地,这感觉强烈了起来。原来是尿液顺着腿在流。他仍然贴在墙上,羞愧地动也不动,能听到中士在下面咆哮。他等了一会儿,开始万分惭愧地振作起来。他早就被深深地羞辱过。那就继续吧,因为他已经战胜了恐惧。大家都知道了他的耻辱,这耻辱公开了。他必须继续。

他缓缓地摸着去抓上面的横档儿,但这时他被吓了一跳,上面有人抓住了他的手腕,他被拉了上去,到了安全的地面。他就像一只麻袋,被一双大手拽着拖过工事的边沿,一下子跪在了工事的顶上,在草丛里连跪带爬挣扎着站了起来。

耻辱,他感到深深的耻辱,羞愧难当,痛苦万分。他站在那里,缩成一团,恨不得找个地缝钻进去才好。

"抬头,眼睛朝前看!"那愤怒的中士吼道,于是这士兵木然地服从命令,被迫与中士四目相对。可中士那张拉长的野蛮脸令这年轻人感到碍眼,于是他横下一条心就是不看他。中士那震耳欲聋的喊叫声继续响着,令他浑身痛苦难耐。

他猛然向后仰起头来不动了,他的心几乎要跳出来。那军官的脸突然就杵了过来,那脸都变形了,龇牙咧嘴,目光喷火。他大喊大叫着,嘴里的呼吸直扑向巴克曼的鼻子和嘴巴,令他厌恶地向边上挪动了一步。可那人又大叫着把脸杵了过来,害得他本能地抬起胳膊保护自己。可他没想到他的小臂狠狠地打在了军官的脸上,这把他吓坏了。那军官踉跄着转过身去,发出一声怪叫就向身后的土墙倒下去,双手在空中抓挠了一下。只一秒钟的沉寂,就传来他落水的声音。

巴克曼浑身僵硬,平静地看着这一切。士兵们忙着跑过去。

"你还是逃吧!"一个年轻人激动地冲他说。他则本能地立即离开了现场,穿过林中小路走上了大马路,路上有电车进出城里。他心里感到的是报了仇,逃出来了。他逃离了那一切,那个军人的世界,不再受辱,他一走了之。

军官们在街上骑着马悠闲而过,士兵们则走在便道上。上了桥,巴克曼从扑面而来的城里穿过。河边布满了漂亮的低矮法式房子,往上走,经过一片屋顶上方的街道就到了那座漂亮但沉郁的大教堂,教堂的好几座尖塔耸入天际。

一时间他感到很平静,如释重负。于是他转身进了河边的公园。绿草坪上一簇簇的紫丁香盛开,很美,成排的娑罗树如同一道道墙,很是壮观,树顶上开着白花,在阳光照耀下看似一座圣坛。军官们从这里走过,步态高雅,脸色都很红润,女人和姑娘们在斑驳的树荫下漫步。这景致确实美,他走在这风景中如梦如幻,他自由了。

二

可是他能去哪儿呢?想到此,他开始从喜悦和自由的梦幻中清醒过来。他又感到了那刻骨铭心的耻辱刺痛着自己,一想就难以忍受。但是那耻辱的伤痛已经深埋在心里,不去理会就是了。

耻辱和痛苦让他变聪明了。他还不敢回想自己都做了什么。他只是知道他需要逃走,离开与自己休戚相关的一切。

可怎么能逃离呢?一阵恐惧袭上心头。他不忍去想让自己那屈辱的身体再次落入当官的手中。那样的手曾经野蛮地碰到了他的身体,令他公然受辱,伤害了他,令他无法控制自己了。

恐惧变成了痛楚。他几乎是盲目地转身向营房的方向走去。他管不了自己,他必须把自己交给某个人去管。随之他的心因为有盼头儿而固执起来,他想起他迷恋的女友来,他要让她来管自己。

他鼓足勇气一跺脚上了那辆飞快行驶的小电车,朝着城外的营房方向而去。他平静地坐在车上,纹丝不动。

他在终点站下了车,开步走去。风还在刮着,他能听到地里黑麦在风中沙沙作响,一阵大风忽然吹来,麦地里会发出飕飕声。四下里空无一人。这让他感到空落落的没有人气,于是他走上了矮葡萄藤之间的乡间小径。很多棵树藤向上盘旋着,生出了粉嫩的树芽,树芽上的嫩须随风飘动。这些他都清楚地看在眼里,生出好奇心来。稍远处的一片田地里,男人和女人们在收干草。牛车等在小路上,身穿蓝色围裙的男人和头上包着白布的女人抱着干草往车上运,割过草的田野一片绿生生的鲜亮,这些男人和女人看上去都那么清爽好看。于是他感到自己是从黑暗地带向外观看那个迷人的美丽世界。

艾米莉当女仆的那家男爵花园宅邸方方正正的,颜色淡雅,掩映在树丛中,四周都是田野。那是一座古老的法国农场。兵营就在附近。巴克曼走着,一门心思朝那座院子走去。他进了那座宽敞、光影斑驳的院子。院子里的狗看到来了个当兵的,跳起来低声叫了一下,仅仅是跟他招呼一声而已。院子阴暗的角落里,椴树下静悄悄地矗立着一台水泵。

厨房的门开着。他迟疑了一下,然后走进去,不自然地笑着跟她们打招呼。屋里的两个女人露出惊喜的神色。艾米莉正忙着准备午后的咖啡,布置托盘。她是站在桌子那边,见他进来,惊喜中挺直了腰,既高兴又有疑虑。她的眼神既高傲又羞怯,是某种高傲的动物的眼神。她的黑发扎得很紧,灰眼睛凝神看着他。她穿一件印着小朵红玫瑰花的蓝布农家上衣,胸脯丰满,领口紧紧地系着。

桌边坐着另一个姑娘,是幼儿教师。她正从一大堆樱桃中挑选着,把挑出来的樱桃放进碗里。她年轻而俏丽,脸上生着雀斑。

"你好啊!"她愉快地说,"想不到你会来呀。"

艾米莉不语,黑皮肤的脸上泛起红晕。她仍然站着看着他,心里又怕又喜,想逃,可还是没动。

"是啊,"他说道,两个女人看得他既害羞又紧张,"这回我可是挺狼狈的。"

"啥?"幼儿教师的手落到了膝盖上。艾米莉则木然。

巴克曼头都抬不起来了,只是扭头去看那亮晶晶的红樱桃,他还无法缓过神来。

"我把胡伯中士从工事上打翻到河里了,"他说,"不是故意的,可——"

说着他抓起樱桃开始不知不觉地吃起来,只听到艾米莉小声地惊叫着。

"你把他从工事上打翻下去了!"黑塞小姐害怕地重复他的话,"怎么回事呀这是?"

他木然地把樱桃核儿吐到自己手心里,仔细地告诉了她们。

"哎呀!"艾米莉尖声叫道。

"那你是怎么上这儿来的?"黑塞小姐问。

"我逃跑的。"他说。

屋里一阵死静。他站在那儿,等女人们说怎么办。

炉子上发出咝咝的声音,随之屋里飘起浓浓的咖啡香味。艾米莉马上转身走到炉子边上去。

他看到了她朝炉子弯下腰时后背是平坦挺阔的,腰臀很是强健。

"那你怎么办啊?"黑塞小姐吓得呆呆地说。

"我不知道。"他说着又抓起更多的樱桃来。他反正是没辙了。

"你最好去兵营,"她说,"我们去找男爵先生来,看怎么办。"

艾米莉动作轻快地默默准备着上咖啡的盘子。她端起盘子,盘子里的瓷器和银器闪闪发光。她在默默地等巴克曼回答。巴克曼垂着头,脸色苍白,很是倔强。让他回去他可受不了。

"我看能不能去法国。"他说。

"能,但是他们会抓住你。"黑塞小姐说。

艾米莉那双灰眼睛凝视着他。

"我得试试,看我能不能躲到今天夜里。"他说。

两个女子都知道他想干什么。但她们知道这没用。艾米莉端起盘子出去了。巴克曼垂头而立,心里羞愧、无能。

"你反正是逃不掉的。"女教师说。

"我可以试试。"他说。

今天他不能落在军队手里。如果今天他逃了,明天他们爱怎么着怎么着。

大家都沉默了。他一个劲儿地吃他的樱桃。那小女教师的脸开始泛红了。

艾米莉回来布置另一只茶点盘子了。

"可以让他藏在你房间里。"女教师对艾米莉说。

那姑娘转过身去,她受不了别人指手画脚。

"我能想到的就只有这个安全办法,那样孩子们就看不到他了。"黑塞小姐说。

艾米莉没回答。巴克曼站着等女人们做决定。但艾米莉并不想跟他太近乎。

"你可以跟我睡一个房间。"黑塞小姐对艾米莉说道。

艾米莉抬起眼皮,清澈的目光直视着巴克曼,说明对他留了一手。

"你愿意那样吗?"她问,她很洁身自好,防备着他。

"愿……意……"他犹豫不决地说,感到羞愧万分。

她低下头自言自语道:"愿意。"

随后她很快把盘子里摆满茶点端了出去。

"不过,你一个晚上走着是过不了边界的。"黑塞小姐说。

"我可以骑自行车。"他说。

"嗯。我觉得这样行。"女教师说。

艾米莉回来了,但显得无动于衷。

"我看这样就行。"女教师说。

随后,巴克曼就跟着艾米莉穿过一间方形的大厅,大厅的墙上挂着一幅幅大地图。他注意到挂钩上挂着一件蓝色的儿童外套,上面缀着铜扣儿,这件衣服令他想起当初艾米莉领着家里最小的孩子走过时,他坐在椴树下看着他们的情景。那已经是很久以前的事了。他已经失去了那样的自由,眼下已经变得焦虑不堪。

他们战战兢兢地快步上了楼梯,然后穿过一条长长的走廊。艾米莉打开她的房门,他就进去了,但心里感到惭愧。

"我得下去。"她嘟哝道。随后她就轻轻关上门走了。

这房间不大,空空的,挺整洁。屋里摆着盛圣水的小盘子,墙上挂着《圣心》图,摆着耶稣受难像,还摆着一张祈祷小桌。铺着白床单的小床很是整洁,一张空桌子上摆着洗手用的红泥小盆,另外还有一面小镜子和一个小衣柜。屋里就这些物件。

他觉得像进了避难所一样安全了,就走到窗边,目光越过院子瞭望午后阳光下的田野。他要离开这个国家和这里的生活。此时感到自己身处于未知之中。然后他又退回到房间里。这间房子里摆设如此简单肃穆,是一个天主教信徒的小卧室,令他感到陌生但又踏实。他看看那尊耶稣受难像,那十字架上的耶稣是个瘦长的农夫的样子,是黑森州的某个农夫雕刻的。巴克曼还是有生以来第一次觉得这是个人的样子呢,它显示的是一个人无助地吊在上面忍受刑罚。他凝视着它,仔细地看着,似乎从中获得了新的认识。

他感到自己体内火烧火燎的,那是令他不安的羞耻感。他无法让自己打起精神来。因为他现在失魂落魄。心里的羞耻似乎令他失去了力量和男子气概。

他进椅子里,想起自己如此丢人现眼,他就感到心情沉重,那是一种难言的沉重感。

他此时什么都不想,木然地脱下靴子,解开腰带,脱了外衣,都放到一边,重重地躺下,似乎是吃了安眠药一样昏睡了过去。不一会儿艾米莉来看他,可他睡得很死。她看到他昏睡着,安静得吓人,就感到害怕。他的衬衫领口开着,露出了纯洁的脖颈,皮肉很是干净好看。可他睡得沉沉的,腿上裹着蓝制服裤子,脚上是粗布袜子,这么躺在她的床上,令她感到陌生。随后她就出去了。

三

她心里不安,很烦恼。她想保持清净,不受干扰。强烈的本能令她逃避任何触摸到她的手。

她是个弃婴,或许是个吉卜赛人的后代,在天主教的教养所长大。她天真,是个不信教的教徒,从十四岁起在男爵家当了七年的仆人,对男爵夫人很依恋。

除了和家庭教师伊达·黑塞,跟别人她都不来往。伊达心眼儿多,善良,开始不是那么主动。她是个穷乡村医生的女儿。同艾米莉慢慢接触后,她们更像同盟,而不是相互依赖,她开始跟她不分你我了。她们一起干活,一起唱歌,一起散步,还一起去伊达的情人弗兰兹·布兰德的房间呢,在那里三个人一起有说有笑,或者是女孩子们听弗兰兹拉提琴,弗兰兹是个林务官。

这两个姑娘是同盟,但相互之间并不亲密。艾米莉生性孤僻,是个拘谨的本地人。伊达利用她来控制自己的轻浮。但这个机智善变的女教师总在忙于跟她的仰慕者们交往,自然也就想方设法改变艾米莉不跟男人打交道的烈性子。

可这个黑皮肤的野丫头却十分敏感,特别守身如玉。她从那些普通士兵身边路过时背后传来他们做出的咂嘴亲吻声令她怒不可遏,她恨他们那种几乎是戏弄的追求。男爵夫人在护着她。

她对普通男人有说不出来的轻蔑。但她喜欢男爵夫人,敬重男爵,为某个绅士做事让她感到很自在。伺候真正的男女主子时她都感到平静自然。在她心中,绅士身上有一种神秘感,令她觉得伺候他是骄傲的事。而普通的士兵则是粗人,一文不值。她就是想服侍人。

她一直独善其身。星期天下午她路过帝国大厦时向窗户里看去,看到士兵们和普通人家的女子跳舞,就感到极度反感和气愤。看到那些当兵的解下了皮带,敞开外衣,松松垮垮的外衣里露出衬衫跳舞,她就受不了。他们动作粗鲁,变形的脸上流着汗水,粗糙的手在粗拉拉的姑娘们腋下抓着衣服把她们拉向自己的胸膛。看他们胸贴着胸跳舞,那些男人的腿粗野地挪动着,她就讨厌。

晚上她在花园里听到篱笆那边的姑娘在士兵的拥抱下发出含混不清的快活叫声,她就怒不可遏,发出冷酷的大叫:

"你们在篱笆那儿干吗呢?"

她真想抽他们一顿。

可巴克曼不是个一般的士兵。黑塞小姐弄清楚了他的情况,把他和艾米莉撮合到了一起。他是个英俊的小伙子,金发碧眼,走起路来腰板挺直,透着自豪,他自己对此没意识,但外人能看得清楚。再说了,他出身富裕农民家族,几代都富有。他父亲去世了,现在是他母亲管着家里的财产。可是,如果巴克曼任何时候想要一百英镑,他都能要得到。本来他和他的一个兄弟是打造马车的。他们家在村子里干的是种地、打铁和造车的活儿,干这些是因为那是他们熟悉的生活方式。

选择了这些,他们就能靠自己的劳动自给自足。

所以,他在情趣上是个绅士了,虽然还不够有智慧。他花起钱来出手大方,又有本地人的良好教养。在他面前,艾米莉有点不知所措。于是他就成了她的男朋友。她也希望得到他,可她又是个处女,人又腼腆,总是要顺从,这是因为她还不开化,不知道怎么过文明生活,也不知道在文明社会里干什么。

四

六点钟的时候军人们来打听了:看到过巴克曼吗?黑塞小姐回了他们,她很高兴掺和这事。

"没有啊,从星期天开始我就没看见过他,你呢,艾米莉?"

"没有,我没看见过他。"艾米莉说,她那份尴尬被人当成了害羞。伊达·黑塞来了情绪,又装模作样问起问题来了。

"胡伯中士没死吧?"她故作惊讶地问。

"没死。他摔进河里了。可摔得够呛,在河边上脚摔碎了,现在正在医院里呢。巴克曼可要倒大霉了。"

艾米莉卷进了这件事,逃不了干系,就站一旁看着。她已经不能置之度外了,她所处的这个控制制度是她理解不了的,对她来说就像神的制度。她不在原来的地方了,她的房间让巴克曼占了,她不再是忠诚的仆人了,不再那么虔诚踏实了。

她现在的处境让她难以忍受。整个晚上,她都感到压抑得活不下去了。那几个孩子得让他们吃了饭上床睡觉。男爵和男爵夫人出门了,她得给他们准备些小点心。男仆跟着马车回来后要吃晚饭。整个这段时间里她都感到乱了套,很无助,她必须自己拿主意,因此手足无措。对她的控制是来自高高在上的那些人,她应该在他们管制下行动。可是现在,没人管她了,因此她很烦。比这更烦的是,那个男人,她的情人巴克曼,他是谁啊,他是怎么回事啊?偏偏就这个男人对她来说是个未知数,令她不知如何是好。哦,她曾经想让他当一个不远不近的情人,不要像现在这样近,令她远离了自己的世界。

男爵和男爵夫人出去了,那年轻的男仆也出去玩了,于是她就上楼去找巴克曼。他已经睡醒,正在昏暗的屋里坐着。他听到外面空地上他的同伴士兵们正在六角琴的伴奏下唱一曲黄昏小调：

"我去孩子身边，
　在孩子眼里看到母亲。"

可他现在与此无关。只有那些年轻士兵们怀着没有得到满足的欲望喊出来的伤感歌声穿透了他的血管，令他微微感到激动。他垂着头，开始渐渐激动起来，全神贯注地等待着，他是身处于另一个世界里的。

他独自坐着专心等待，她一进来就浑身一震，吓得半死，缓过神来，又感到火烧火燎的，一时手足无措。他身穿裤子和衬衫坐在床边，看着她进来，而她则躲闪着不看他的脸，她是不敢看。可她还是走近了他。

"你想吃点什么吗？"她问。

"想。"他说。看到夕阳中她的身影，他只听到自己的心怦怦直跳。他面前正好是她的围裙，她站着沉默不语，有点若即若离，似乎会永远那样站下去，这令他难受。

她似乎是中了魔法一般，像个影子呆立在那

里,他则垂着头坐在床边。他心中有另一个强大的意志在支撑着他。她缓缓地靠近他,似乎是不自觉地靠过来。他的心开始狂跳,他得动一动了。当她离他很近的时候,他几乎是难以令人察觉地抬起胳膊,搂住了她的腰肢,半是理智半是出自欲望把她搂过来。他把自己的脸埋在她的围裙里,埋进她那十分柔软的小腹中,此时他就如同一团激情燃烧的烈火,抱着她,忘却了一切。耻辱和记忆一扫而光了,只剩下狂热的激情烈火。

她难以自持,手就抬了起来抱住了他的头,将他的头更深地埋入自己的小腹,这样做时她激动得直发抖。他的双臂紧紧抱住她,两只手张开压着她的腰臀,激情如同火一般热烈,那是她招人爱的地方。他的拥抱令她欣喜若狂,紧张得难忍,都失去了直觉。

清醒过来时,她已经是满足而安静地躺在那里。以前她对此一无所知,从不知这该是什么样,为此满心的感激。他跟她在一起。她发自本能地敬重、感激他,双臂就紧紧地抱住了他,而他这时正把她抱了个满怀。

他又恢复了原状,紧挨着她。她获得满足后

激动中抓住他的那个小动作,令他骄傲得不得了。他们互相爱着,是一个整体了。她爱他,他占有了她,她把自己给了他。没错,他也把自己给了她,他们成了完整的一体。

他们的心是热的,脸是热的,容光焕发,起身时还有点羞涩,但幸福溢于言表。

"我给你弄点吃的来。"她说着又开始高兴地做起惯常的服侍人的活儿了。她离开时还冲他做个了告别的奇怪动作表示对他顺从。他坐在床边,松了口气,感到放松,又有点惊讶,总归就是幸福。

五

随后她很快就端着托盘回来了,后面还跟着黑塞小姐。两个女人看着他吃,看着这个自豪、奇迹般的人,他坐在那里又成了一个金发碧眼的天真的人了。艾米莉为此感到非常满足和幸福,觉得伊达让自己比下去了。

"那你打算怎么办呢?"黑塞小姐问,其实她心里有点妒忌。

"我得逃走。"他说。

不过说什么都是空的,说管什么用?他内心里感到满足,感到自己是自由的,这才重要。

"不过你需要一辆自行车。"黑塞说。

"对。"他说。

艾米莉沉默地坐着,跟他若即若离,但激情把她和他连在了一起,听他们说着自行车和逃走的事,眼睛看着别处。

他们谋划起来。但巴克曼和艾米莉一致决定要一起行动。伊达·黑塞则从旁相助。

他们安排伊达的情人把他的自行车放到外面来,放在他有时要看护的棚子里。天黑时巴克曼去那里取车子,骑上去法国。三个人心情激动,感到很刺激,讨论来讨论去的,兴奋得不行。

到法国后巴克曼就从那里去美国,然后艾米莉去跟他会合,从此他们就生活在一片美好的土地上了。不过这样的幻想倏忽即逝。

艾米莉和伊达得赶到弗兰兹·布兰德的住处去,打了声招呼就走了。巴克曼在黑暗中坐着,听到黑暗中传来回营的军号声。这时他想起给母亲写的明信片,就溜出来追上艾米莉,把明信片交给她让她寄走。他那样子是满不在乎、得意扬扬的，而她则满脸放光，值得信赖。然后他又溜回屋去了。

他坐在床边思量起来。他又回想了一遍下午发生的事，想起自己满心的痛苦和恐惧，他知道自己要爬上城墙非得吓晕不可。一想起这个，他就羞愧得脸红。不过他这么对自己说："这有什么？我管不住自己，就是管不住嘛。我再爬一个高度，我就会彻底瘫软，我拿自己没办法。"可是想起来他还是感到羞臊难当，耻辱如火烧着他。不过他坐在那里，还是忍住了。就得忍，就得承认并接受这样的事实。"我不是胆小鬼，说什么也不是，"他继续思考，"我不怕危险。可我天生就那样，那么高的地方让我瘫软，我就尿裤子了。"鼓起勇气承认事实还是让他感到痛苦。"如果说我天生就那样，我也只能那样，没办法。可我不完全是那个样的人。"他想到了艾米莉，就感到满意了，"我什么样儿就什么样儿，随它去就行。"

接受了自己失败的事实，他就坐着边想边等艾米莉，他要告诉她这些。艾米莉后来终于回来了，说弗兰兹今天晚上不能把自行车拿出来，车子坏了。巴克曼得再等一天才行。

这下两个人都很高兴。好色的伊达替他们激动了,令艾米莉不知如何是好,但她还是再次回到了这小伙子这里来。她因为不适应而感到痛苦,为了面子而显得僵硬。但他双手抱住了她,脱了她的衣服,她那无助的处女之身令他感到很受用,高兴得都要发疯了。她既感到十分痛苦,也深深地享受到了快乐。朴实的她因为痛苦眼里还含着泪水就紧紧地抱住他,越抱越紧,两个人都深深地感到得意和满足。然后他们就同寝,他因为得到了满足而睡得很安静,她则沉静地靠近他躺着。

六

早晨,军营里的号声传来,他们就醒了,朝窗外望去。她喜欢他白皙的身体,一身的豪气,很沉稳。他则喜欢她身体的柔软,永远是那么美好。他们看着夏日里淡淡的晨雾从绿色的田野上升起,庄稼开始成熟了。附近看不到城镇,放眼望去,只有夏日里弥漫的晨雾。他们的身体贴在一起,心里一片宁静。但随后听到军号声,他们宁静的心里还是开始焦虑起来。她又被呼唤到原先的位置上,对那里的权威她并不懂,但只是想服侍那些有权威的人。可这种呼唤随之又在她心里消失了,因为她的心里满了。

她下楼去干活儿了,奇怪的是她变了样儿。她现在是身处于一个她自己的新世界里了,这是她以前连想都没有想到过的,这就是那片乐土了。她是在乐土上行走,在乐土上活着。她把这种心情也带到了自己的工作中。她感到莫名的幸福,沉浸其中。她不用拼命完成自己手里的活计,她只觉得身上长出了劲儿,不需要谁使唤命令她。这股子劲头儿让她感到甜蜜,就像阳光一样美好,浑身长劲儿,不知不觉就把事儿干好了。

巴克曼坐在屋里冥思苦索。他得把计划想周全了。他得给他母亲写信,她得给他寄去巴黎的路费。他要去巴黎,然后很快从那儿去美国。这事儿得做,他必须把所有准备做好才行。最危险的是进入法国,一想这事他就激动不已。白天,他需要一张去巴黎的火车时间表,他需要好好想想。绞尽脑汁想这些令他感到十分愉快,这是件多么冒险的事啊。

· 爱岛的男人 ·

还有一天,他就会逃走获得自由了。他是多么渴望绝对任性的自由。他赢了,赢得了艾米莉,抹去了自己的耻辱,开始有了自我。现在他渴望继续获得自由。一个家,一份工作,行动和活着的绝对自由,自由地当她的男人,自由地跟她在一起,这就是他的激情和欲望。他想得狂喜起来,一个钟头过得痛苦而紧张。

突然他听到了嘈杂的说话声和脚步声,他的心一下就提了起来,然后又平静了下来。他倾听着。他一直都明白。随之他的身心全静了下来,如同死一般,生命和声音都凝固了,他一动不动地站在卧室里,完全僵住了。

艾米莉在厨房里忙碌着,为孩子们准备早餐,这时她听到了脚步声和男爵的说话声。男爵从花园里进来了。他身穿绿色的亚麻上衣,中等个儿,步伐灵活,身材优雅,颇有点奇特的魅力。他的右手在普法战争中中过枪,一到激动的时候总是顺着身体侧面朝下甩,似乎是感到疼痛一样。他正快言快语地同一个站得笔直的年轻少尉说话。两个列兵木呆呆地站在门道里。

艾米莉吓得没了魂儿,脸色苍白,身体僵直,向后退着。

"好的,如果你那么认为,我们就查一下。"男爵脾气暴躁地脱口说。

"艾米莉,"他说着转向这女孩,"昨天晚上是你往信箱里为这个巴克曼投了给他母亲的明信片吗?"

艾米莉直挺挺站着不回答。

"是吗?"男爵厉声问。

"是的,男爵先生。"艾米莉木然回答。

男爵气坏了,那只受过伤的手迅速挥动着。那少尉腰板更直了,这说明他告对了。

"你知道这家伙什么事吗?"男爵盯着她问,他那双灰里透着金色的眼睛此时在喷火。姑娘目光平静地看着他,不动声色,但她的心思完全暴露在他面前了。他又看了她两秒钟。沉默中他恼羞成怒,转过身去。

"上楼!"他对那年轻的军官厉声道,那命令不容置喙。

那少尉对士兵下了命令,口气里透着军人惯有的冷峻和自信。他们都穿过大厅。艾米莉一动不动地站在原地,感到自己的魂儿都没了。

・爱岛的男人・

男爵快步上了楼梯穿过走廊,少尉和士兵紧随其后。男爵猛地推开艾米莉的房门,看到了巴克曼,他正对着门身穿衬衫裤子站在床边,十分安稳。他的目光与男爵那狂怒喷火的目光相遇了。男爵甩了甩他受过伤的手,就不动了。他死死盯着这小兵的眼睛,看透了他的心思,似乎他是真的钻到这人心里去了。这个人一筹莫展,因为他暴露无余而显得更一筹莫展。

"哈!"他不耐烦地叫着朝过来的少尉转过身去。

少尉出现在门口,他迅速打量了一下这个光着脚的年轻人,认出了这正是他要找的人,就言辞简短地下了命令让他穿上衣服。

巴克曼转身去拿自己的衣服,显得十分沉静。他自己就是一个茫然静止的世界。那两个上等人和那两个士兵站着看着他,可他对他们几乎视而不见。他们是看不懂他的。

他很快就准备就绪了。他立定在那里,出奇地沉默,满脑子空白,似乎有什么永恒的东西占据了他的身心。他忠实于自己。

那少尉命令他开步走。这一小队人小心翼

翼、恭恭敬敬地下了楼梯,穿过大厅到了厨房。艾米莉纹丝不动地站在那里,扬着脸,毫无表情地看着他们。巴克曼没有看她,但他们的心是相通的。然后这一小队人走出去到了院子里。

男爵站在门道里看着这四个穿军装的人走在那排椴树下斑驳的阴影里。巴克曼木然地走着,似乎他身在别处。那少尉漠然前行,远远地走在前面,那两个士兵笨重地走在两边。他们走出院子,走入灿烂的晨光中,身影越来越小,走向军营。

男爵转身进了厨房。艾米莉正在切面包。

"就是说他在这儿过的夜?"男爵问。

女子似看非看他一眼,此时她完全是她自己了。男爵从她那视而不见的眼神里看到了她身体里的赤裸灵魂。

"你们本想怎么着?"他问。

"他打算去美国。"她平静地回答。

"哼!你就应该直接把他送回去。"男爵愤然道。

艾米莉对他的斥责毫不理会。

"他现在完蛋了。"他说。

可他就是受不了她眼睛里那种幽暗的纯净目

光,遭了这么大的罪那目光就没怎么变。

"简直就是个傻瓜!"他反复说着,气呼呼地走开,准备接下来采取什么措施。

买 票 嘞!

在中部地区有一条单线电车轨道。电车大模大样地驶离小城,一头开进那黑乎乎的乡村工矿区。只见它在山谷间起伏,穿狭长丑陋的工人住宅区,越运河和铁路,过傲立于烟雾和阴影之上的一座座教堂,再穿过荒凉肮脏而又冷飕飕的小集市,然后忽地掠过电影院和商铺,下到布满煤窑的山谷中,再向上,路过一座白蜡树掩映的乡村小教堂,猛然冲向终点站,这里是工业区最后一片丑陋的地方,这座冷飕飕的小镇子就在那阴郁的荒野边缘上颤抖着。这辆绿白双色的电车似乎暂时停歇于此,机车发出了满足的咕噜声,声音挺奇怪。但几分钟后,批发合作社商店角楼上的钟声响了,电车就此开始新的冒险。又是一通向山下的鲁莽飞驰,左拐右拐晃晃悠悠。然后又到了山顶集市上冷风呼啸的车站停靠。开到教堂下面时,坡很陡,车开得摇摇晃晃令人心惊肉跳。到环路上时又得耐心停住等待出来的车。如此这般一番,开了长长的两个小时,终于看到庞大的煤气厂那边的城市轮廓了,靠近了狭窄的工厂,来到了这座大城里肮脏的街上,然后这车挤进终点站停下,与红白双色的城市汽车比起来电车显得寒酸,但还是挺生气勃勃,有点像个贼大胆儿,如同黑乎乎的矿区园子里的一棵绿生生的欧芹。

　　坐这样的电车总归是一场冒险,因为在战争期间,电车司机都是些不能服兵役的人,如瘸子和罗锅儿。他们的胆儿才叫贼大。坐车如同参加障碍赛马一样。加油!我们猛然越过运河大桥,到了四车道的拐弯处,车发出一声尖叫,擦出一溜火花,就拐过来了。说实话,电车经常会出轨,可那又怎么样!它掉进沟里,直到别的电车过来再把它拉出来。经常见的是,满载着活人的电车就纹丝不动地停了,在黑夜里停在了荒郊野地的黑暗地带。这时司机和女售票员就会喊:"都下来,车着火啦!"可是乘客们不是惊恐万状地逃出车来,而是木然地回答:"接着开,接着开!我们不下去,就待在原地。乔治,赶紧开。"就这么着一直待到火真着起来为止。

人们不愿意下车,是因为夜里天太冷,外面寒风呼啸,这时一辆车就是一个避难所。矿工们从一个村子到另一个村子,为了换个电影院看电影,换个姑娘玩,换个酒馆喝酒。于是电车就挤得满满当当。谁愿意冒险下车到黑暗的外面去,耗上大约一个钟头等另一辆车呢?说不定等来的车上挂着一个令人绝望的通知牌子,上面写着"只到站停车",说是因为出了什么差错。或者等来的是一辆三节车厢的明晃晃的电车,可那车挤得水泄不通,根本不停,只发出一声嘲弄的号叫就开过去了。夜里驶过的电车。

这是英国最危险的电车,官员们不无自豪地这样宣称。这趟电车上的售票员全是女子,司机则是些略有残疾但莽撞的男人或是些蹑手蹑脚的羸弱年轻男人。那些女售票员个个儿轻佻粗野。她们身着丑陋的蓝色制服,裙子刚及膝盖,头上戴着有帽舌的旧帽子,那帽子早就走了形,都像老军人一样临危不惧。车里挤满了矿工,下层车厢里的在号叫般地唱着圣歌,上层车厢里的则哼着黄曲儿对唱,对此这些女子全然置若罔闻。发现哪个年轻人在验票机前逃票她们就扑上去抓个现行儿,直逼得他们无路可逃。她们可不吃眼前亏,她们是谁呀。她们谁都不怕,反倒是谁都怕她们。

"哈罗,安妮!"

"哈罗,泰德!"

"哎哟,小心我的鸡眼,斯通小姐。我肯定你铁石心肠,你又踩我鸡眼了。"

"你应该把那鸡眼藏你兜儿里。"斯通小姐说完就往上层车厢走,她穿着高筒靴子,走起路来噔噔的。

"买票嘞!"

她口气专横,疑心重,随时准备出手,多少人都不是她的个儿。站在电车踏板上就如同守护着赛莫皮莱火门关口。

这样一来,车上就肯定会发生些粗野的浪漫事儿,安妮那厚实的胸膛里也藏着浪漫呢。轻松浪漫的时候都在上午10点和下午1点之间,那会儿没什么人坐车,就是说除了集市开集和周六,这段时间都很空闲。安妮就可以四处看看了。她经常跳下车到一家商店里去买她已经看中的东西。而这时电车司机则在主路上跟人聊天儿。这些女孩子和司机们感情都不错。这趟开足马力运送乘客的电车在大地上颠簸前进就如同在波涛汹涌的大海上航行,他们难道不是患难与共的伙伴吗?

还有,在这闲散的几个小时里,查票员们常常来车上。因为各种原因,这条电车线上的员工都是年轻人,没上岁数的,上岁数的干不了这个。所以那些查票员都正当年,而他们的那个头儿长相还挺好。你看他身着长油布雨衣站在晦暗的早晨雨地里,帽檐正遮到眼睛上,正等着上电车呢。他脸色红润,唇上的棕色小胡子沾着雨水,脸上露着粗鲁的微笑。他个头儿挺高,穿着雨衣动作还很灵活,一下子就跳上了车,跟安妮打招呼。

"哈罗,安妮!躲雨呢?"

"嗯。"

车厢里只有两个乘客,票一下就查完了。随后他就站在脚踏板上没完没了地胡聊起来,海阔天空地一聊就聊出十二英里去。

这个查票员名叫约翰·托马斯·雷诺——但

大家总是叫他约翰·托马斯,只有搞恶作剧时才叫他"科迪"。人们从远处喊他这个短名字时他会气得一脸怒容。好几座村子里都流传着约翰·托马斯的丑闻,说他白天跟女售票员调情,晚上她们下了班离开终点站,他就带她们出去散步。当然,女孩子们经常辞职不干了,他就跟新来的调情并带她们出去散步,当然他总是挑长得漂亮的,而且愿意跟他散步的。值得一提的是,大多数女孩子都挺好看的,她们都年轻,电车上这种漂泊的生活让她们变得像水手一样大胆莽撞。当船靠了岸,管她们怎么着呢,反正明天她们还会来的。

安妮则有点像鞑靼人,她那张刀子嘴令约翰·托马斯一连数月不敢靠近她。或许这反倒让她更喜欢他了,因为他总是一来就笑,笑得有点放肆。她眼看着他征服了一个又一个姑娘。从他早晨跟她调情时嘴巴的动作和眼神上就能看得出来他昨天晚上跟这个或那个姑娘出去溜达了。他可是个万人迷呢,安妮就是这样看他的。

在这种微妙的较劲中他们知己知彼如同老朋友,一眼就能看穿对方,几乎如同夫妻一般明白彼此。不过安妮总是不让他靠近,再说了,她是有男朋友的人。

可到了十一月份,贝斯特伍德镇的斯塔图特节就开始了。正好赶上那个星期一晚上安妮歇班。那晚上下着小雨,挺让人讨厌的,可她还是打扮好去集市上玩了。她独自一人,希望能很快找到个伴儿。

旋转木马在音乐声中转着圈儿,杂耍能闹多欢闹多欢。在打椰子游戏的地方没有椰子,只有战争期间的替代品,那里的伙计说绑在铁棍上的这些都是假椰子。跟以前比,现在的集市衰落了,不光彩照人,也不讲究了。这地面还是像以前一样泥泞,可照样人挤人,头碰头,电灯光明晃晃的,到处还都弥漫着汽油味、炸土豆味儿和电灯发热的味道。

游乐场上第一个同安妮小姐打招呼的不是别人,正是约翰·托马斯。他穿着黑大衣,领口系得紧紧的,粗花呢帽子帽檐下拉着,遮住了眉毛,红润的脸上带着微笑,像往常一样殷勤,他的嘴巴一咧一笑的样子她早就司空见惯了。

有个"男友",她为此挺高兴的。在这个游艺场上没个伴是挺扫兴的事。他这个情种马上就带她上了青面獠牙的龙形过山车。其实这东西还没电车来劲呢,不过坐在震荡的绿色龙车里,高高在上看下面无数的人脸,在低空中快速颠簸前行,而且有约翰·托马斯叼着烟卷儿挨着她,让她觉得就该这么玩儿才是。她是个身材丰满的姑娘,聪明又活泼,玩得十分起劲儿开心。

约翰·托马斯让她留下来再转一圈。这回,他的胳膊揽住了她,将她拉近一些,那动作很热情,有点像搂抱,她几乎不能因为害羞而拒绝他了。再说了,他还是挺克制的,尽量做得隐蔽。她向下看看,发现他那干净发红的手隐藏在人们看不见的地方。他们此时心照不宣,玩得兴致勃勃。

玩过了龙车他们又去玩旋转木马。每次都是约翰·托马斯付钱,所以她只能听之任之了。他自然是叉开腿骑在外圈的马上面,那马的名字叫"黑白厮",而她则侧身坐在旁边里圈的马上,面对着他,她的马名叫"野火"。约翰·托马斯才不手握铜棒小心翼翼地骑马呢。他们在灯光下骑着马起伏转圈时,他在马上身子一转,一条腿悠过来搭在她那匹马上,脚尖上下颠着,这动作挺危险的。他一边颠着,一边半躺在马上嘲笑她。他玩得十分开心,而她则吓得不行,生怕帽子歪到一边去,但她还是很兴奋的。

这之后他往桌子上投套环,为她赢了两个浅蓝色的大帽夹子,随后听到电影院里传来的嘈杂广播声,宣布下一场电影开演了,他们就上了木板台阶,进了电影院。

电影放映中机器经常出毛病,电影院里自然就时不时一片漆黑。随之人们发出疯狂的嘘声和装出来的响亮接吻声。一到这时,约翰·托马斯就将安妮往自己身边拉。还别说,他似乎很会用胳膊拥抱女孩,抱得热烈而让人舒服,这方面他似乎做得十分周到。无论如何,这样让他搂着很愉快,安妮感到很受用。他倾身靠着她,她的头发能感到他呼吸的气息。她知道他想吻她的唇。无论如何,他是那么热情,而她也温柔,两人挺般配的。她确实想让他触碰自己的嘴唇了。

可灯唰地亮了,她也像触电般地惊起,把帽子戴正了。他的胳膊则无动于衷地放在她背后。嗯,这挺好玩的,同约翰·托马斯一起过斯塔图特节令她颇为激动。

看完电影他们徒步穿过黑暗潮湿的田野。他

调情的手段可高明了,特别会搂抱女孩子们。他跟她在淅淅沥沥的黑暗雨地里坐在栅栏的梯磴上,他似乎把她悬空抱了起来,他的身体很温暖,浑身都很快活。他的吻一派温柔、悠缓,嘴巴边吻边探寻着什么。

就这样安妮跟约翰·托马斯出去玩上了,不过她同时还没跟自己的男友断,若即若离的。有些电车上女售票员显得很凶,不过这样的生活环境中,你遇上这样的人也没办法。

安妮很喜欢约翰·托马斯,这是毫无疑问的。只要他在身边,她就会感到心里十分充盈和温暖。而约翰·托马斯也是真心喜欢安妮,不是一般的喜欢。安妮待人温柔,能跟别人处得融洽,似乎她完全融入了他的身心中,这对他来说可是非同小可,让他觉得美滋滋的,安妮这一点他最欣赏了。

随着两人越来越熟悉,他们也就越来越亲密。安妮想把他当成一个男子汉,想跟他有心灵上的交往,想从他这里得到心灵的回应。她并不只想跟他像黑暗中的人那样交流,可至今他还是这样一个黑暗中的人。让她感到骄傲的是他离不开她。

但是她弄错了。约翰·托马斯存心掩饰自

己,不想在她面前成为一个真实立体的人。当她想在精神上了解他、他的生活和他的性格时,他就开始躲避。他讨厌精神上的了解。而且他知道唯一能阻止她这样做的办法就是逃避。安妮心中那女性的占有欲开始冒头了,所以他就离开了她。

说她不吃惊那是假的。开始她吃了一惊,感到完全出乎意料,因为她一直满把满攥地相信自己拿住他了。一时间她手足无措,觉得对什么都没把握了。随后,她哭了,又气又火,外加失落和痛苦。哭过后她感到一阵绝望袭上心头。后来他来了,仍然是那么没皮没脸地来到她车上,仍然跟她熟悉地招呼着,但他摇头晃脑的样子向她显示他现在跟别人好上了,跟新欢处得不错,看他这样安妮决定报复他。

她心里很清楚约翰·托马斯跟什么样的姑娘好上了。她去找诺拉·波蒂。诺拉是个高个子女孩,脸色苍白但身材很好,一头金发很漂亮。这人嘴巴很严实。

"嗨!"安妮轻声地跟诺拉搭讪,"现在约翰·托马斯正跟谁混呢?"

"我不知道啊。"诺拉说。

"咋？你知道，"安妮带着嘲弄的口吻说起土话来，"你跟我一样知道。"

"成，我知道还不行吗，"诺拉说，"反正不是我，管他呢。"

"是西茜·威金，对不？"

"是，是就是呗。"

"他还要不要脸呢！"安妮说，"我就不喜欢他那么厚脸皮。他再来找我，我就把他从踏板上推下去。"

"总会有人收拾他的。"诺拉说。

"就是，早晚的事儿，等有人收拾他了，看他怎么丢人现眼，你说呢？"

"我倒无所谓。"诺拉说。

"你跟我一样想杀他威风，"安妮说，"咱们哪天得揍他一顿，好丫头。什么，你不想干吗？"

"干呗。"诺拉说。

其实诺拉比安妮更想报复。

一个接一个，安妮联络上了那些个老情人。碰巧西茜·威金不久后就离开了电车车队，是她妈让她不干的。于是约翰·托马斯又开始瞄上别人了。他瞄了一眼过去的那一群，又盯上了安妮，觉得对她有把握,再说了,他也是喜欢她的。

她说好星期天晚上跟他散步回家的。正好她那趟车会在九点半进站,而末班车会在十点一刻到站,这样约翰·托马斯准备在那里等她。

始发站上姑娘们有一间自己的小休息室。屋子很简陋,但挺舒适,有炉子、烤箱和一面镜子,还有桌子和木椅子。那六七个熟知约翰·托马斯的姑娘选了这个星期天下午上班。于是,随着车一辆接一辆进站,姑娘们就早早下车进了休息室。她们并不急着回家,而是围炉而坐喝起茶来。屋外一片漆黑,这正是无法无天的战争时期。

约翰·托马斯坐安妮后面的车回来了,这时大概是差一刻十点钟。他把头探进姑娘们的休息室,问:

"凑一块儿祈祷啊?"

"对,"劳拉·夏普说,"只许女人进啊。"

"我就是呀!"约翰·托马斯说。这是他最爱嚷嚷的一句话。

"关上门,小子。"莫丽尔·巴加里说。

"把我关那边呀?"约翰·托马斯问。

"愿意关哪边关哪边。"波丽·伯金说。

· 爱岛的男人 ·

他进了屋,把身后的门关上了。坐成一圈的姑娘们动了动,给他腾出靠炉子的地方。他脱掉长大衣,把帽子推到后脑勺上。

"谁管倒茶啊?"他问。

诺拉·普尔蒂为他默默地倒了一杯茶。

"想吃点我的烤肉油抹面包不?"莫丽尔·巴加里问他。

"好,来点儿。"

说着,他就开始吃起面包来,边吃边说:"哪儿也不如家好啊,姑娘们。"

他如此放肆地说这句话时,大家都看着他,那样子似乎是在很多姑娘面前晒太阳。

"那得不怕摸黑回家才行啊。"劳拉·夏普说。

"我!我一个人走怕黑。"

他们一直坐到末班车回来。不一会儿爱玛·豪斯里进来了。

"过来,我的老乖乖!"波丽·伯金招呼道。

"冻——死——啦。"爱玛说着把手伸向火炉。

"我怕、摸黑、回家。"劳拉·夏普唱着,她刚想起这首歌来。

"你今天晚上跟谁一起走,约翰·托马斯?"莫丽尔·巴加里冷冷地问道。

"今天晚上吗?"约翰·托马斯说,"哦,我自己走,我落单儿喽,噢。"

"我就是呀!"诺拉·普尔蒂学着他的话说。姑娘们听了都尖声笑起来。

"我也是啊,诺拉。"约翰·托马斯说。

"不懂你啥意思。"劳拉说。

"是啊,我这就走了。"说着他起身去拿他的大衣。

"别啊,"波丽说,"我们都在这儿等你呢。"

"咱们明天一早还得按时起来呢。"他打着官腔说着体贴的话。

大伙儿都笑了。

"别呀,"莫丽尔说,"别把我们扔下不管啊,约翰·托马斯。带一个走嘛!"

"那我就都带上,只要你们乐意。"他很仗义地说。

"那可不行,"莫丽尔说,"两个算是伴儿,七个就坏事儿了。"

"不,带一个,"劳拉说,"公平合理,全都算上,你说你挑哪个吧。"

"嘿,"安妮这才开口,"挑吧,约翰·托马斯,我们听你的。"

"别呀,"他说,"我今天想安安静静地回家。感觉挺好的,就这一回。"

"说什么呢?"安妮说,"挑个好的呗,那就。反正你得带上我们当中的一个。"

"不行,我怎么能带一个呢,"他不安地笑笑道,"我可不想树敌。"

"你只会树一个敌,一个。"安妮说。

"选谁谁就成敌人。"劳拉说。

"哎哟,天啊!姑娘们,别这么说呀!"

"不行,你得挑一个,"莫丽尔说,"脸冲墙转过去,谁摸你你就说出名字来。来,我们只摸你后背,我们当中一个人摸。开始,转过脸去,别往后看,说出来是谁摸你。"

他心里惴惴的,不信她们的话。可他又不敢夺门而去。她们把他推到墙根儿,面壁而立。姑娘们在他背后做着鬼脸儿,哧哧窃笑着。他那样子十分好笑。这时他不安地转过身来张望。

"来呀!"他喊道。

"你看了,你看了!"姑娘们叫起来。

他转过头去。突然,安妮像一只动作迅速的猫一样一步上前,一巴掌捆在他头上,打飞了他的帽子,打得他身体直晃。他赶忙转过身来。

安妮一个手势,她们就一拥而上,开始扇他、拧他、揪他头发,她们这么做除了因为怨恨和愤怒,更多的是要耍弄他。可他气红了脸,蓝眼睛里露出害怕和愤怒的眼神,撞开姑娘们冲到门前。门锁上了。他就使劲扭动门把手。姑娘们明白了,警觉地围过来看着他。他面对着她们,准备做最后挣扎。在那一刻,他觉得她们身穿蓝色短制服的样子着实恐怖。他确实怕她们了。

"来呀,约翰·托马斯!来,挑啊!"安妮说。

"你们想干吗这是?开开门!"他说。

"就不开,你挑了我们才开呢!"莫丽尔说。

"挑什么呀?"他问。

"挑一个你要娶的呀。"她回答道。

他迟疑了片刻。

"开开这该死的门,"他说,"冷静点儿好不好。"他用权威的口吻说。

"你得挑!"姑娘们喊叫道。

"挑啊!"安妮盯着他的眼睛喊道,"来呀!挑呀!"

他很是茫然地朝前走了一步。安妮已经解下了自己的腰带,抡起来,啪的一声,皮带扣就狠狠地抽在他头上了。他跳起来抓住了安妮。可是其他姑娘们立马就扑到他身上,连拉带拽地揍他。她们的火气现在彻底上来了,他现在就是她们的玩物,她们要报复他,让他也受受。她们这些个怪人,抓住他,撞他,要把他压倒。他内衣的背面已经撕扯到领子上了,诺拉揪着他的后脖领子,如果不是前面的衣扣绷开了,他就得给勒死。他疯狂地抗争着,又愤怒又恐惧,几乎是吓疯了。他的内衣背面被扯掉了,袖子扯没了,胳膊裸露着。姑娘们扑上来,手紧紧揪住他,拽他。还有的撞他,推他,狠狠地顶他,或者拼命砸他。他躲闪着、缩着,还冲两边还手。这下她们打得更激烈了。

最终他倒下了。姑娘们一拥而上,用膝盖把他压住。他喘不上气来了,更没力气动弹,脸被抓破了,长长的伤口在流血,上眼眶给打青了。

安妮跪在他身上,别的姑娘跪在地上按着他。

她们满脸通红,披头散发,眼神奇怪。他总算是趴着动弹不得了,脸朝一边扭着,如同一个动物被打垮了,听凭猎人处置。有时他的眼睛会朝后瞟一眼姑娘们那些疯狂的面孔。他在粗重地喘着气,手腕也破了。

"伙计们,接下来该怎么着啦?!"安妮喘着粗气说,"该……那就……"

听到她那可怕又冷漠的欢叫声,他突然像个动物那样开始挣扎起来,可是姑娘们扑上来,不知哪儿来的大力气,硬是把他按了下去。

"对,接下来,啊!"安妮终于喘息着喊道。

屋里一片寂静,人们的心跳声都能听得见。每个人心里这是都打着小鼓。

"你这会儿知道你怎么回事了吧?"安妮说。

他裸露的白胳膊简直要令姑娘们发疯。他又怕又恨,昏昏沉沉趴在地上。姑娘们则感到浑身充满了莫名其妙的力量。

突然波丽笑了起来,是忍俊不禁的咯咯咯狂笑,随后爱玛和莫丽尔也跟着笑起来。但安妮、诺拉和劳拉则依旧紧张、警觉,眼露寒光,这眼神令他胆寒。

"哼!"安妮奇怪地压低嗓门,语调神秘而吓人,"哼!你罪有应得啊!你知道自己都干了什么事儿,对不对?你知道的。"

他不出声,也不动弹,只是扭着脸趴着,眼睛发光,脸上流着血。

"你就该挨宰,你就该,"安妮咬牙切齿地说,"你就该死。"她的声音能把人吓死。

波丽不笑了,但还是哼哼了一阵子才恢复了常态。

"得让他挑。"她含混地说了一句。

"对,他得挑。"劳拉解恨地说。

"你听见了吗?听见没有?"安妮问,说着她猛地把他的脸扭过来冲着她自己,这一扭他吓坏了。

"你听见没有?"她摇晃着他,再次问他。

他一句话也没有。她狠狠地扇了他一耳光,扇得他动了一下,眼睛也瞪大了。但最终还是阴沉着脸,不服。

"你听见没有?"她又问。

他不语,只是敌对地看着她。

"说啊!"说着话,她的脸恶狠狠地凑近他

的脸。

"说什么呀?"他几乎是屈服了。

"你得挑一个!"她叫喊道,似乎这是某种可怕的威胁,又似乎不能说太白,那样自己会难受。

"挑什么?"他胆怯地问。

"挑你的女人,科迪。你这就得挑一个了。你要是再耍花招,小子,小心打折你的脖子。你没跑了。"

一阵沉默,他再次扭过脸去。他倒在地上还在动心眼儿,他并不是真的服软了,就是她们把他撕成碎片他也不会。

"那好吧,"他说,"我挑安妮。"他声调古怪,充满怨恨。闻之,安妮放开了手,似乎他是一块烧红的煤块儿一样。

"他挑了安妮!"姑娘们齐声叫起来。

"我!"安妮叫道。她还跪着,但是已经躲开了他。他仍旧扭着脸趴在地上。姑娘们不安地聚拢了过来。

"我!"安妮又叫了一声,声调十分苦涩。

随之她站起身,怀着奇怪的厌恶和苦涩离开了他。

"我才不搭理他呢。"她说。

可她的脸痛苦地抽动着,似乎她要倒下。别的姑娘们都转过身去。他还趴在地上,衣服扯破了,扭着的脸在流血。

"哦,既然他挑上了——"波丽说。

"我不要他,他还是再挑一次吧。"安妮说,此时她仍然是痛苦无望的。

"起来,"波丽拉起他的肩膀说,"起来吧。"

他缓缓地起来,一副奇怪、破衣烂衫的惊弓之鸟模样。姑娘们远远地望着他,既好奇,又小心翼翼,还气势汹汹。

"谁要他?"劳拉粗野地叫道。

"没谁!"大家不屑地回答道,可每个人都等待着他把目光投向自己,巴望他能看看自己呢。但只有安妮不这么想,她的心早就被伤透了。

他还是脸色阴沉,扭着头不看她们。大家沉默着,这事儿算结束了。他捡起内衣的碎片,却不知道怎么办才好。姑娘们不安地围着他,红着脸直喘,一边下意识地整理着头发和衣服,一边还看着他。可他一个也不看她们。他看到角落里有他的帽子就过去拾起。他戴上帽子,见他这副德行,一个姑娘发出了吓人的歇斯底里的笑声。可他并不理会,而是直接走向挂着他大衣的地方。姑娘们躲着他,似乎他是一根电线。他穿上大衣,从上到下系上扣子。然后把内衣的碎片卷起来,默不作声地站在锁着的门前。

"谁去开开门?"劳拉说。

"钥匙在安妮那儿。"有人说。

安妮默默地把钥匙拿出来给大家。诺拉打开了门。

"这叫一报还一报,伙计,"她说,"拿出男子汉的样儿来,别怨恨。"

可他还是一言不发,连个手势都没打,就拉开门走了。他依旧绷着脸,耷拉着头。

"这下学乖了。"劳拉说。

"科迪!"诺拉说。

"闭嘴吧,看在上帝分上!"安妮愤怒地喊着,似乎她很痛苦。

"行啦,我也该走啦,波丽。当心点!"莫丽尔说。

姑娘们都急着要走,一个个忙着整理自己的衣着和头发,没有话,也没有表情。

爱岛的男人

第一座岛

有个男人,他爱海岛。他出生在一座岛屿上,可这座岛令他感到不适,因为这岛上除了他自己,还有不少别人。他要的是一座完全属于自己的岛屿:并非是要独处岛上,而是让它成为自己的一个世界。

一座岛屿,如果太大的话,那简直就是个大陆了。它必须得十分娇小,才会让人觉得像座岛。这个故事就是要告诉你一座岛该小到什么程度,才能让你设想将小岛融满你自己的人格。

而命运竟是对他如此偏爱,这个爱岛之人在

三十五岁上真的得到了自己的一座岛屿。这岛的产权并不属于他,但他拥有这座岛屿九十九年的租借权。这对于一个人和一座岛来说事实上等于是永久拥有。就算你像亚伯拉罕一样想让自己的子孙多如海岸上的沙粒①,你也不会选择一座岛来繁衍。很快人口就会过剩,过于拥挤,形成贫民窟。对于一个热爱海岛之静谧的人来说,这景象令人恐怖。不,一座岛屿是一个窝,它只拥抱一只蛋,就一只。这只蛋就是这位岛民。

我们这位未来的岛民所得到的岛屿并非在遥远的大洋中。它几乎像家一样,没有棕榈树,海上没有冲浪板,没有任何诸如此类的东西,只有一座坚固的住房,颜色十分晦暗,就建在上岛的地方,不远处是一座小农舍,几间棚子和几块边边角角的耕地。登陆处的小港湾旁,有三座村舍,看似岸边哨兵的住房,整整齐齐,刷得雪白。

还有什么比这更加舒适如家的呢?假如你要绕岛走上一遭,路程是四英里,要穿过荆豆丛和黑

---

① 见《圣经·创世记》,亚伯拉罕表示愿意牺牲自己的儿子做祭品,主向他许诺说:"我会将你的种子撒播如海岸上的沙粒一样多。"

刺李丛,走过陡峭的海岸岩石上方,还要下到长满报春花的小片林间空地上。如果你照直走翻越那两座小山包,穿过卧牛倒嚼的乱石地,蹚过稀疏的燕麦田,再到荆豆丛,再到低矮的悬崖畔,只需走上二十分钟。一旦你来到崖畔,你就会看到另一座大点儿的岛屿,离这里不远。在你和那岛屿之间是大海。而当你穿过立金花摇曳的林间空地回到东边,你会看到东边也有一座岛屿,不过是一座小的,跟大的比就如同牛犊之于母牛。这座小岛也属于这位岛民。

这样看来,甚至岛屿也愿意结伴相处。

我们这位岛民对他的岛挚爱有加。早春时节,小路和沼地上黑刺李的花儿已经纷纷如落雪,给这寂静的凯尔特绿地和灰色石地增添了白色的生机,乌鸫在这一片白色中发出早春第一声悠长得意的叫声。紧随黑刺李和若隐若现的报春花绽开的,是蓝色幻影般的风信子,蓝色的风信子开在灌木丛中和林间空地上,恰似一片蓝精灵的湖泊,一匹匹光滑的蓝色绸缎。在岛上你还可以窥视许多鸟儿的窝呢。这是一个多么神奇的世界啊!

夏天一过,立金花就谢了,雾气中开始弥漫起野玫瑰淡淡的清香来。干草地上,毛地黄的花朵低垂着。在一处小山坳中,阳光洒在苍白的花岗岩上,你可以在此晒日光浴,岩缝中则是一道道阴影。在雾霭悄然袭来之前,你就穿过成熟中的燕麦地回家了。此时,另一座岛上的雾角开始哞哞响起,随之,高天上辉映着的海水之光渐渐隐退了。然后海上开始起雾,是秋天了,地里横放着一捆捆燕麦;金黄的月亮从海上升起,宛如又一座岛屿,愈升愈高,大海随之白亮起来。

秋天在雨中结束,冬天来了,天空阴沉,潮湿多雨,但很少有霜冻。这座岛屿,你的岛屿,缩进黑暗中,躲开了你。你能感到,在那些潮湿阴郁的洼地里,那反叛的精灵已经蜷缩成一团,就像一条浑身湿透的狗忧郁地蜷缩起来,或者说像一条半睡半醒的蛇。到了夜里,风停了,不像在海面上那样咆哮狂吼,这时你感到你的岛屿是一个宇宙,如同这黑夜一样无边无际,一样古老;它不是一座岛屿,而是一个无边黑暗的世界,过去黑夜中的灵魂都生活在这里,那无尽的遥远就近在咫尺。

从这宇宙小岛上,你莫名其妙地进入了那黑暗巨大的时间王国,那些不死的人侧身扑向他们庞大奇特的使命。这小小的人间岛屿已经消弭,像一个跳动的地方,跳入虚无,那是因为你身不由己地跳离开了,跳入时间那黑暗的神秘中,那里,过去生机勃勃而未来并未与之隔断。

这就是当一个岛民的危险。在城里,你套着白色的鞋罩躲避车流时,尽管脊梁骨上感到了死亡的恐惧,你仍感到安全,并未受到无边的时间的恐吓。瞬间是你时间的小岛,你周围飞奔着的是宇宙。

可一旦将自己孤立在时空之海的一座小岛上,瞬间开始喘息并一圈又一圈地扩展开来时,那坚固的土地便消失了。随之,你那光滑赤裸的黑暗灵魂出壳,来到无尽的时光世界中,那里,所谓死人的四轮马车在世纪的老街上狂奔,灵魂拥挤在人行道上,我们活在瞬间的人称之为逝水流年。所有死人的灵魂都复活了,并且在你周遭活泼地跳动着。你这是灵魂出壳来到了另一种无限之中。

这类事发生在我们的岛民身上了。他生出了神秘的"感觉",这感觉令他不适:他莫名地感到了远古时代的人和别的什么对他产生了影响。长着大胡子的高卢人曾来到这座岛上,后来又消失了,但他们从来没有从这里夜晚的空气中消逝。他们仍然在这里,那巨大强壮但隐匿的身体在夜空划过。那里有的牧师携带着金刀和槲寄生,有的戴着十字架,还有海盗在海上杀戮。

我们的岛民很不安。他不信大白天里如此这般的胡话。可到了晚上这就成了真的。他自己变得渺小,如宇宙里的一个点,既无长度亦无宽度。既然如此,他不得不走开到别处去。这正如你非得踏入海里,可海水冲走了你的立足点。于是他就得在夜里躲开,进入生生不死的另一个时间世界中去。

他在黑暗中躺着,莫名其妙地感到,黑刺李林子甚至在空间和白日的王国中都显得有点神秘莫测,可在黑夜里却在石头祭坛周围同看不见的种族的古人一起哭泣。白日里角木树下的废墟,到了难以言表的黑夜里,似有戴着十字架、血迹斑斑的牧师们在哀吟。粗糙的石头间的洞穴和海滩,到了漆黑的夜晚,就成了诅咒海盗的青紫嘴唇。

为逃避更多诸如此类的感觉,我们的岛民每天都集中精力于岛屿的实际问题上。为什么它不能最终成为快乐岛呢?为什么它不能成为那个金苹果园①所在的最后小岛呢?那可是个完美的地方,那里寄寓着自己美好如鲜花的精神,一处完美的人造小世界。

他开始像我们一样费尽心机重获天堂,靠的是花钱。他修复了那座旧式的半封建时期的住处,令其更加明亮。他给地板铺上了美丽的地毯,给沉闷的窗户挂上色泽明快、花团锦簇的窗帘,在石穴中摆上美酒。他从外边带来了体态丰腴的女管家和一位言谈斯文经验丰富的男膳食管家。这些人也将成为这岛上的岛民。

农务管家和两个帮手安排在农舍里。泽西母牛在荆豆丛中悠闲地漫步,脖子上的铃铛缓慢地叮咚作响。中午时分会有人发出膳令,晚上歇息时分烟囱会静静地吐出袅袅青烟。

一条摩托帆船停泊在海湾避风处,就在那一溜三间白色的农舍下方。还有一条小帆船,两只舢板停在沙滩上。竿子上晒着渔网,一船新的白

---

① 希腊神话中的仙女保卫着地球最西端幸福岛上的金苹果园。

木板杂乱地摆放着,一位妇女正拎着水桶去井台上汲水。

在农舍的末端一间里,住着快艇驾驶员、他妻子和儿子。他来自另一座大岛屿,对这片海域很是熟悉。每当天放晴,他就会和儿子一起出海捕鱼,于是天一好岛上就有鲜鱼吃了。

农舍中间那间屋里住着一位老人和他的妻子,这是一对十分忠诚的夫妇。老头儿是个木匠,但什么活儿都干。他总是在干活儿,不是刨就是锯,埋头苦干。他是另一种岛民。

剩下的那间农舍里住着泥瓦匠,他是个鳏夫,带着一个儿子和两个女儿。在儿子的帮助下,他挖沟建篱笆,垒起扶壁并在室外又建起了一座房子,还从小石场上采来石头呢。他的女儿们则在大房子里干活儿。

这是个平静但忙碌的小世界。这位岛民把你请来岛上做客时,你首先遇上的,是微笑着的快艇驾驶员——瘦瘦的黑胡子阿诺德,然后是他儿子查尔斯。在宅子里,那走遍全世界的膳食管家甜言蜜语地招待你,周围的气氛如此不可思议地和谐,让你感到宾至如归。这种奢侈氛围,只有训练有素但实际上并不那么可信的仆人才能创造得出。他缴了你的械,让你听任他的摆布。那丰腴的女管家冲你微笑着,表达着某种微妙的敬重和熟稔,她只有对真正的绅士才这样。脸庞粉嫩的女仆瞟你一眼,似乎你来自外部大世界,是了不起的人物呢。随后你见到了来自康沃尔笑容可掬但目光警觉的农务管家,他的农场帮手来自伯克郡,老婆长得白白净净的,带着两个小孩子;另一个表情沉郁的帮手来自萨福克。泥瓦匠是肯特郡人,如果你乐意,他会在院子里跟你说话。只有那老木匠态度粗暴,另有心思。

不错,这是个自得其乐的小世界,每个人都感到安全,他们对你都不错,似乎你真的是个特殊的人物。不过这是岛民的世界,而不是你的。他才是这里的主人。人们脸上那特有的笑容,特有的注意力,都是冲主人而来的。他们都知道自己有多么富有。所以这位岛民就再也不是"某某先生"。对岛上的每一位,甚至对你来说,他都是"主人"。

嗯,这很理想了。这位主人并非霸道,哦,不!他是个感觉细腻纤敏,相貌堂堂的主人,他想要一切完美，让每一个人幸福。当然了，他自己就是这幸福和完美的源泉。

可是，他在某种程度上是个诗人。他盛情款待他的客人，对待仆人宽宏大量。其实他很精明。他从不对他的人摆老板架子，可他对什么都看在眼中，就像精明的蓝眼睛赫耳墨斯神一样①。他掌握的知识之丰富，实在令人叹为观止。令人吃惊的是他对泽西牛、乳酪制作、挖沟、筑篱、园艺、造船和航海了如指掌。他知识渊博，无所不知。但他把知识传递给他的人民的方式却很奇特，半带嘲弄，半似自命不凡，好像他真的属于奇特的似神非神的世界。

他们听他讲话时往往都把帽子摘下捧在手中。他喜欢白的或奶白的衣服，还喜欢斗篷和宽边帽子。于是，天气晴好时，农务管家会看到那身着奶白哔叽的高个子雅士像一只鸟儿，到地里看人们给萝卜除草。随之他会数次脱帽，会讲上几分钟不可思议的俏皮话。农务管家会充满敬意地回答，帮工们会拄着锄头默默地倾听，听得瞠目

---

① 在希腊神话中，赫耳墨斯的任务之一是守护畜群。

结舌。

或者,在某个起风的早上,他会站在开掘中的沼泽排水沟边上,顶着狂风跟沟里的人讲话。湿热的海风撩动着他的斗篷,沟里的人们目光迷茫地抬头盯着他看。

或者是在雨夜里,人们会发现他急匆匆穿过院子,宽边帽檐被风吹得向上翻卷起来。管家的老婆会急叫起来:"是主人!起来,约翰,清理一下沙发,腾个地儿。"随后门开了,传出叫声来:"怎么,真是主人啊!这么坏的天气,您还来我们这种地方。"管家接过他的斗篷,他老婆接过他的帽子,两个帮手忙把自己的椅子往后挪。他在沙发上落了座,顺手抱起身边的一个孩子,他跟孩子们挺投缘的,跟他们聊得很开心,正如管家老婆说的那样,他这样子令人觉得他像我们的救世主[①]。

他总是受到人们的笑脸相迎,得到同样特别的敬重,在人们眼里他似乎是个高高在上但又羸弱的人。人们对他几乎是温柔以待,且抱以谄媚之态。可他一走或人们在他背后谈论起他时,他

---

① 指耶稣基督。

们脸上经常露出微妙嘲讽的笑容。他们用不着怕"主人"。就让他自行其是吧。只有那老木匠有时真敢对他无礼,所以他对这老东西爱搭不理的。

这里的男男女女是否真的喜欢他,还是个疑问。同样可疑的是,他是否真的喜欢这里的任何一个男女。他想让他们幸福,让这小世界完美。可是任何一个想让世界完美的人一定要慎重,不能真爱什么或真不爱什么。你唯一能具备的只是一颗泛泛的善心。

天啊,不幸的是,一颗泛泛的善心总是被其施爱的对象视作侮辱,从而导致一种特殊的恶意。当然了,泛泛的善心是利己的,它理应得此下场!

不过我们的岛民自有消遣。他在自己的藏书室里一坐就是好几个时辰,他正在编一本参考书,参考内容是所有希腊和拉丁作者的书中提到的花卉。他资质平平,并非古典学问大家。可现如今优秀的翻译作品很多,可提供帮助。将开在古代世界的花一一研究过去,那又是多么美的差事啊。

岛上的第一年就这样过去了。因为做了不少事,账单便汹涌而来,于是对什么都认真的主人开始研究它们了。这一研究不要紧,研究得他脸色苍白,难以将息。他并非富翁。他知道他是花了一大笔钱让这座岛进入正常运转的。可仔细看看,才发现除了花钱,什么也没留下。这座岛吞食了成千上万的英镑,却一无所成。

当然,大笔的钱是不用再花了!这座岛现在该能自助了,即使它不盈利!他当然感到很保险。他付了很多账单,并不怎么把这当一回事。但他很是受了一番惊吓,决定明年一定要节俭,要过紧日子了。他简洁但动情地对他的子民这样说了。他们都说:"那自然!那自然!"

于是,室外风雨交加时,他会同农务管家坐在他的藏书室里,吸着烟斗,喝着啤酒谈论农事。他抬起漂亮狭长的脸,蓝眼睛变得迷离起来。"好大的风啊!"风刮得像在发射炮弹。这时他想到被泛着泡沫的海浪冲刷的海岛没人能上得来,不禁感到狂喜……不,他不能失去它。于是他又满怀热情,充满机智地回到农事话题上来,白皙的手打着手势以示强调。那管家连声称是:"是的,先生!是的,先生!您说得对,主人!"

可这人并没听他说什么。他在看着主人蓝色的细麻布衬衫,缀有火红宝石的古怪领带,珐琅袖扣和别致的戒指,戒指上镶着刻有圣甲虫图案的宝石①。这位凡夫俗子那双寻觅的棕色眼睛一遍遍地打量优雅完美的主人,缓缓地揣摩,为之惊叹。如果他正巧与主人那明亮兴奋的一瞥目光相遇,自己的眼睛会不禁一亮,露出有分寸的热情和适度的敬重,并轻轻地垂首。

他们就此决定了该种植什么,该在什么地方施什么肥料,该引进什么种的猪和哪一类火鸡。这就是说,这农务管家时而谨慎地赞同主人,其实是置身其外,让这年轻人自己拿主意。

主人知道自己在说什么。他善于抓住一本书的要点,懂得如何运用他的知识。总之,他的主意是对的。管家对此清清楚楚,可这凡夫俗子心中就是没有响应的热情。他棕色的眼睛微笑着表示出热情和敬重,可他那两片薄嘴就是不会顺着主人说。主人像个孩子,伶牙俐齿,巧言巧语,聪明地将自己的想法描述给另外一个人。管家露出敬佩的目光,可并未往心里去,他不过是在看着主人,就像看一个古怪陌生的动物那样,毫无同情,

---

① 古代埃及人用刻有圣甲虫的宝石来做护身符。

毫不受其影响。

方案一俟定下,主人就摇铃叫膳食管家送三明治进来。主人心里高兴,这一点膳食管家看出来了,转身送来了凤尾鱼和火腿三明治及一瓶新开的苦艾酒。家里总是准备着一瓶刚刚开启的什么酒。

跟泥瓦匠也是一样。主人同他商量某块地上的排水问题,订购更多的管子,更多的特殊砖,更多的这个,更多的那个。

天终于放晴了,岛上的活计暂停了一阵子。主人乘游艇做短暂出游。这并非真是一条游艇,只是一条干净的小帆船。他们沿着大陆海岸而行,在每个港口停留。每到一处,都会有朋友来,膳食管家就会在船舱里做精美的饭菜招待。随后主人会被请到别墅和饭店去,他的仆人们伺候他上岸,俨然伺候一位王子。

可这一趟花销太大了!他不得不给银行拍电报去要钱。回到家后再省吃俭用。

排水沟挖着挖着,小小沼地上金盏花已开得一片绚烂。现在他几乎后悔开始眼下的工程,从此这黄黄的漂亮花儿将不会在这儿灿烂开放了。

粮食丰收了,此时必有一顿庆丰收的家宴。长长的谷仓已经修整一番,比原先大了。木匠打制了一张张长桌子。一盏盏灯笼从高高的房梁上垂挂下来。岛上的人们全都聚集于此。晚宴由农务管家主持,席间一片欢快。

宴会快结束时,主人身着天鹅绒外衣带着客人出现了。管家此时站起身祝酒道:"祝主人健康长寿!"所有的人都热情欢快地为主人的健康祝酒。主人就此做了个简短的答词,大意是:他们在这岛上自成一个小世界。把它建成一个真正幸福美满的世界,靠的是他们。每个人必须尽自己的努力。他希望自己做了自己能做的事,因为他的心思在这岛上,同他的岛民们在一起。

膳食管家回应道:只要这座岛有这样一位主人,它就只能是岛民们的小小天堂。这话得到了管家和泥瓦匠的热烈响应,那快艇驾驶员则喜不自禁。然后大家开始跳舞,老木匠拉起了小提琴伴奏。

但是,这只是表面现象,情况并不太好。第二天一大早,农家孩子就来报信儿说一头母牛从悬崖上摔下去了。主人忙去查看。他从不太高的斜坡上探头看下去,看到那母牛摔倒在晚开的金雀花花丛之下的青石上死了。漂亮金贵的一头牛,已经怀了孕,身子都大起来了。它真傻,就这么白白地送死!

现在的问题是找几个人把它从崖下拽上来,剥皮后埋葬。没人忍心吃它的肉。这一切太让人恶心了!

这是这座岛屿的象征。如同人的心中快活地升起一股情绪一般,一只看不见的手默默地伸出来,恶狠狠地砸在这岛上。这里不应该有欢乐,甚至连任何平静也不许有。某个男人断了腿,另一个人患风湿病瘫了。猪得了奇怪的病。风暴将游艇卷到岩石上。泥瓦匠讨厌膳食管家,从而拒绝让自己的女儿在别墅里伺候。

这种气氛酝酿出一种恶毒,如磐石般沉重地压在人们心上。这座岛本身就显得恶毒。有时它会一连几周恶毒伤人。某个早上它又会突然变得美丽可爱,似天堂上的早晨一般,一切都是那么美丽动人。于是每个人都会开始大大地松一口气,充满了幸福的憧憬。

一旦主人像一朵绽开的花儿那样敞开心扉,

就会遭到某种丑恶的打击。有人会给他送来一封匿名信,谴责岛上的别人。还有人会来皮里阳秋地议论一番他的仆人。

"有人觉得他们岛上活儿轻巧,挖挖沟就行了!"泥瓦匠的女儿在主人的眼皮子下冲文雅的膳食管家嚷嚷。主人则对此置若罔闻。

"我男人说,这座岛肯定是埃及的瘦母牛①,她会吞下一大笔钱,让你一分钱也赚不回来。"农夫的老婆对主人的一位客人说了实话。

这里的人民并不满足,他们并非岛民。"我们觉得我们没有善待孩子们。"有孩子的人们说。"我们觉得我们没有善待自己。"那些没孩子的人们说。各家开始相互仇视起来。

不过这座岛还是很可爱的。当空气中飘起忍冬的清香,当月光在海面上闪烁,甚至连抱怨的人都会对这岛产生奇特的依恋。它让你产生渴望,无边无际的渴望。或许是渴望回到过去,回到这岛屿那遥远神秘的过去,那时人们的脉搏有着别

---

① 见《旧约·创世记》41,法老梦见七头瘦牛吞吃了七头肥壮的牛。

样的跳动。你心头翻卷过奇特的激情洪流,荡起奇特强烈的欲望,生出残酷的想象。对这样的血脉、激情和欲望这座岛屿并不陌生。神秘莫测的梦想,似梦非梦,似醒非醒的渴望。

主人自己开始有点害怕自己的岛屿了。在这里,他感到了以前从未有过的奇特的强烈的感受,感到以前与自己毫不沾边的欲望油然而生。现在,他十分明白,他的人民并不爱他。他知道他们同他默默地作对,心怀歹意,嘲弄他,妒忌他,暗中想毁了他。于是,他对他们也小心翼翼、遮遮掩掩起来。

这样太过分了,到第二年末,有几个人走了。女管家走了。主人总是对自视甚高的女人谴责最甚。泥瓦匠说他再也不愿受人嘲弄了,于是他带着家小走了。那位患了风湿病的农夫雇工也走了。

随后,这一年的账单下来了,主人结算完毕。尽管粮食丰收了,可同一年的花销比,这点收成显得可笑。这座岛屿损失的不是几百镑,而是上千镑。这简直不可思议。可你就是不敢相信!那些钱都上哪儿去了呢?

主人在书房里翻着账本度过了意气消沉的日日夜夜。他垮了。女管家走了,事实清楚了:她骗了主人。或许每个人都欺骗了他。但他不愿去想这个,暂时将这事搁置起来。

他结清了那笔无法收支平衡的账目,脸色变得苍白,双目下凹,腹部似乎被什么踢了一脚。这情形实在可怜。但是钱没了,永远追不回来了,他的资本里又损失了一大笔。人们怎么能这么没有心肝?

很明显,他撑不下去了。他很快就会破产了。他不得不给他的膳食管家发出了表示遗憾的通知。他都不敢弄清楚他的膳食管家到底骗了他多少钱,因为这人无论如何算得上是个出色的管家。还有,那农务管家也得走人,对此主人毫不遗憾,田产上的损失几乎令他苦不堪言。

第三年是勒紧腰带过的。这座岛屿仍然神秘迷人,亦危机四伏、残酷无情,其险恶程度可说是玄机莫测。岛上白花儿和风信子开得如火如荼,毛地黄垂着玫瑰样的红色铃铛状花儿,可爱而不失庄重,尽管花儿这样美妙,可这岛屿仍是你的死敌。

· 爱岛的男人 ·

裁员,削减工资,这第三年过得黯然失色。这种奋斗是无望的。田产仍然损失很大。还有,剩下的资金上还有一笔巨大的亏空。这是亏空后所剩无几的资金上的又一大亏空。这座岛在这方面同样显得神秘莫测:似乎有谁在从你腰包里掏钱,似乎那是一只章鱼,偷偷伸出爪来,从各个侧面偷你的钱。

可主人爱岛如初,只是现在有了几分怨怼。

第四年的后半年他是在大陆上的紧张工作中度过的,为的是摆脱这座岛屿。可是,要甩掉一座岛屿可真是太难了。他原以为任何人都会渴望得到他这样的岛屿,可事实上绝非如此。压根儿没人愿意出钱买这座岛。于是他现在想甩掉它,就像一个男人要不惜任何代价离婚一样。

直到第五年年中,他才以巨大的损失为代价,将这岛转让给了一家旅店业公司,这家公司有意拿这岛做投机生意。他们要把它建成一处便利的蜜月岛兼高尔夫球场!

谁知道这岛什么时候才能变富,让他们把它拿走吧!让它变成个蜜月岛兼高尔夫球场吧!

· 蜂鸟文丛 ·

第二座岛

这位岛民得挪地方了。但他并不去大陆,哦,不!他去了另一座小点的岛屿,那座岛仍然是他的。他带去了忠诚的木匠两口子,他从来不防着这两口子;一位寡妇和她的女儿,过去一年中她们娘儿俩一直帮他看房子;还有一个孤儿当老人的帮手。

这座小岛十分小。不过这块海中的石堆比它看上去要大点儿。岛上有一条小径在石头和灌木丛中蜿蜒起伏,这样你花上二十分钟就可以绕岛一周了。这比你想象的时间要长一点。

尽管如此,这仍然是一座岛屿。岛民带着他所有的藏书搬到一座有六个房间的宅子里,他得从登陆的石码头上上下下走一阵子才能到达这里。这里还有两处连在一起的村舍。老木匠和妻子及那个男孩儿住一间,寡妇和女儿住另一间。

最终一切就绪。主人的书籍摆满了两间屋子。已经是秋天了。猎户星座开始远离海平线。在漆黑的夜里,主人可以看到以前那座岛上的灯火。那是那个旅店公司正在待客,他们将为新的度假地做蜜月高尔夫球场广告。

但在这座乱石岛上,主人依旧是主人。他开发了边角地、巴掌大的零零碎碎的平面草地和垂着最后几朵蓝铃花的小片悬崖地,夏季褐色的籽粒就在海的上方孤独地完好无损。他俯视着老古井,视察石头猪栏。他自己则养了一头山羊。

是的,这的确是一座岛。在这些石头下是凯尔特人的海,羽毛一样灰蒙蒙的海水在吸吮、冲刷、击打着。这大海发出着多少种不同的声音啊!深沉的爆裂声、轰鸣声,奇特的长长叹息和哨声。还有震耳的喧嚣声,似乎是在水下的市场里。还有远方的铃声,那肯定是真实的铃声!再有就是一阵悠长的警号般的颤抖声及低沉暗哑的喘息声。

这座岛上没有人的鬼魂,没有任何古老种族的鬼魂。这海,这泡沫,这风,这天气将它们全席卷而去,只剩下这大海自己的声音,它自己的鬼魂。整个冬天里,它发出千万种声音,在密谈,在谋划,在呐喊。只有这海的气味,和着几片短粗的荆豆丛和粗粗拉拉的石楠的气味。那些荆豆丛和石楠丛生长在光滑的灰石头堆之间,笼罩在灰蒙蒙、更为清澈的空气中。这种寒冷,这种青灰色,甚至从大海上升起,缓缓爬上来的轻柔雾气!这座石头堆起的小岛,就像宇宙间最后的一个角落。

绿色的天狼星矗立在海平线上。这座岛屿看似一个阴影。海面上,一艘船上闪烁着细碎的光点。划艇和机帆船停泊在岛屿下方的石湾里,平安无恙。木匠的屋子里透出一道灯光来。如此而已。

当然了,那寡妇屋里是亮着灯的,她在准备晚饭,女儿给她当帮手。岛民进屋用餐了。在这里他不再是主子,他又成了一个岛民,拥有了宁静。那老木匠、那寡妇及其女儿都十分忠诚,那老头儿只要天还有一丝亮光,能看得见,他就干活儿,因为他干活儿上瘾。那寡妇和她那沉默羸弱的三十三岁的女儿为主人劳作着,那是因为她们乐意伺候主人,主人为她们提供了避难之处,她们对此万分地感恩戴德。不过她们不叫他"主人"。她们称呼他:"卡斯卡特先生!"声音轻柔,充满了敬意。他也轻柔温雅地回她们的话,那样子就像一个来自远离这个世界的地方的人,生怕弄出点儿

· 爱岛的男人 ·

声响来。

这座岛再也不是一个"世界"了。它成了一处避难所。这位岛民再也不为什么奋斗了,他用不着。似乎他和他的几个食客是一群海鸟,在默默无言地一起做穿越宇宙的飞行时落到了这块石头上。旅行的鸟儿们自有其沉默的神秘之处。

他一天中的大部分时光是在书房中度过的。他的书正在有所进展。那寡妇的女儿可以把他的手稿打出来,她还不是个没受过教育的人。打字机的响声成了这岛上一种奇特的声音。但很快这种噼噼啪啪的声音就同海声、风声融为一体了。

时光一月复一月地过去。这位岛民躲进他的书房工作着。岛上的居民默默地干着他们关注的事情。山羊生了一只黑崽儿,眼睛则是黄的。海里有鲐鱼,那老头儿便带着那个男孩儿乘划艇去捕。风平浪静时,他们就驾着机帆船到最大的那座岛上去取邮件。他们还带回给养来,从不浪费一个大子儿。白天黑夜,如此过去,没有欲望,但也说不上无聊。

这种无欲的平和如此奇特,简直令岛民惊诧不已。他是无所求了。他的心终于安静了下来,他的精神就像水下晦暗的岩洞,水面上的海藻在蔓延但很少浮动,沉默的鱼儿拖着阴影出没其间。一切都是如此沉寂、柔软,没有呼声,可又那么生机勃勃、根深蒂固,如同海藻。

岛民问自己:"这就是幸福吗?"他对自己说:"我成了一个梦了。我没有感觉,或者说我不懂自己的感觉。可我似乎感到幸福。"

不过他非得依靠什么,他的精神活动才能开展。于是他长时间默默地待在他的书房里工作,既不紧张也不自以为是,让文字从笔端悠悠抽出,像懒洋洋的游丝。至于写得好坏,他早已不在意了。他缓缓地悠悠地写着,就像蜘蛛绕丝一般,即便作品像蛛丝在秋天溶化,他也不在乎。现在只有这溶化中的轻柔蛛丝般的东西对他来说似乎是永恒的。永恒的迷雾就在其中缭绕。而石头建筑,比如说教堂吧,在他看来似乎是凭着一时的抵抗力在号叫,因为它们知道自己终归是要倒塌的;它们长期隐忍,那种张力似乎一直在号叫。

有时他会到大陆上去,进城里去。一到这时候,他就会优雅起来,身着最时髦的服饰去他的俱乐部。进剧院,他要坐正厅前排;逛商店,他要上最繁华的大街。谈到出版他的书时,他自然会讨价还价一番。可他的脸上露出那种朦朦胧胧的表情来,看似十分落伍。这副表情令庸俗的城里人感到占了他的便宜,而他则高高兴兴打道回府。

即便是他一辈子也出不了书,他也不在乎。岁月渐渐化作轻柔的迷雾,没有什么能从中突破。春天来了。他的岛上一棵报春花也找不到,却有乌冬头属植物。岛上长着两丛蔓延的黑刺李,还开着一些冬季花。他开始把小岛上的花列出一张单子来,为此而专心致志。他注意到了一丛黑加仑,在一棵长不高的小树上寻找接骨木花朵,又找第一片金雀花的黄花瓣和野玫瑰。石竹、兰花、刺草、白屈菜,他为它们自豪,如果它们是人,他倒不见得会这样。他遇上金色的虎耳草时,发现它们在一个潮湿的角落里如此渺小,竟迷狂地向它们俯下身去,不知盯了多久。可它并没什么好看的,当他向寡妇的女儿展示这花时,她这样说。

他曾十分得意地对她说:"我今天早上发现了金色的虎耳草。"

这个花名听起来很帅。她棕色的眼睛痴迷地看着他,那眼中透着某种痛苦,有点儿令他害怕。

"是吗,先生?那花好看吗?"

他撇撇嘴,扬扬眉毛。

"嗨,不太艳丽。如果你想看,我回头给你看。"

"我乐意看。"

她很文静,但内心充满渴望。他感到她身上有一种韧劲儿,这令他不安。她说她十分开心,真的开心。她跟随着他,像个影子,走在石径上。那条石径窄得容不下两人并肩行走。他走在前边,能够感到她顺从地紧随其后,仰慕地盯着他。

是一种怜悯让他成了她的恋人,尽管他从来都没有意识到她对他具有多大的支配力以及她是如何为此费尽心机的。可是在他被攻克的那一刻,他感到浑身的不自在,觉得这一切都错了,从而对她产生了厌恶。他不需要这个。而且他似乎觉得,她的肉体也不需要这个。她的意志需要这个。于是,他走开了,冒着脖子受伤的危险爬下去到海边的一块礁石上。他在那儿一坐就是好几个小时,心烦意乱地凝视着海面,痛苦地对自己说:"我们不需要这个。我们真的不需要这个。"

是性这东西又一次在无意识之中攫取了他。

他倒不是仇视性。他像中国人一样认定性是一大生命神话。不过,性现在变得机械、自主了,他要逃避这个。无意识的性弄垮了他,令他感到某种死亡。他认为他过来了,达到了某种无欲的宁静。或许超越了这些,他们在人迹罕至的土地上相遇,两人之间生出了一种新鲜细腻的欲望,一种若即若离的微弱的情感交流。

尽管可能如此,但这并非如此。眼下这东西毫不新鲜。它是无意识的,排除在意志之外。甚至她自己,她真正的自我并不想它。它在她体内无意识地行事。

他很晚才回到家,看到她脸色苍白,那是因为她怕他的敌对情绪。他可怜她,于是对她轻柔地说点什么来安慰她,但对她敬而远之。

她不露声色,依旧沉默地服侍他,她内心怀有一种服侍他的渴望,渴望靠近他。他能感到她的爱在追随着他,那种执着奇特而可怕。她并不要求什么。可是,当他看到她那双明亮但莫名其妙空洞的棕色眼睛时,他从中看出了那个无言的问题,那个问题直接向他提出,以一种他从未意识到的意志力量。

于是他屈服了,再次问她。

"不,"她说,"如果那让你仇视我,就不。"

"怎么会呢?"他恼怒地说,"肯定不会的。"

"你知道的,我会为你做一切。"

只是在这之后,他在愤怒中想起了她的话,因此更加愤怒。她为什么佯装为他做这些?为什么不是为她自己?可他越是恼火,陷得越深。为了获得某种他从未获得过的满足,他沉迷于她了。岛上每个人都知道了。但他不在乎。

尽管他仅有的欲望都离他而去,他还是感到彻底垮了。他感到,需要他的是她的意志。现在,他垮了,心中充满了蔑视。他的岛屿被玷污了,毁了。他最终到达了罕见的无欲的时光层面,可他却失去了自己的位置,又倒退了回去。如果那是他们之间真实细腻的欲望,如果那是在男人和女人可能相遇的第三个罕见的空间发生的细腻的接触,当他们都忠于自身那细微、敏感的橘红色欲望之火,那该多好。但是没有无意识这么一回事:它是意志的行动,而非真正的欲望,这让他感到屈辱。

他离开了小岛,毫不在乎她沉默的责难。他

在大陆上游荡着,漫无目标地寻找着能够安身的地方。可是他与这世界不合拍,再也无法适应这个世界了。

来了一封信,是弗劳拉写来的,她的名字叫弗劳拉,她说她恐怕要有个孩子了。读到此,他像挨了枪击,一屁股坐在地上,坐了好久。他回信说:"为什么要怕呢?是就是,我们应该高兴,而不是怕。"

就在此时,碰巧有个拍卖海岛的拍卖会。他弄了张地图来研究一番。随后在拍卖会上他花了一小笔钱买了另一座岛屿。这岛只是几英亩石头地,在这片岛屿边上靠北的地方。这岛不高,在大洋上显露着。岛上没有一座建筑,甚至连棵树也没有。它只是北面的一片海上泥炭地,上面有一座雨水水塘,一丛丛白莒,一片石头,还有一群群海鸟。除此之外,再没有别的。头顶之上是一片湿漉漉欲滴的天空。

他去查看他的新财产。一连几天,因为隔着海,他无法接近它。后来,在海上雾气不重的时候他上了岛,发现上面雾霭缭绕,地势低缓,显然岛的形状很长。不过这只是个幻觉而已。他在冒着泉水的湿漉漉的泥炭地上走过,铁灰色的山羊从他身边鬼影般跳开去,发出沙哑的咩咩叫声。他到黑乎乎的水塘边看了看,水塘边生满了白菖。随后他踩着湿漉漉的地面走到灰色的海边,海水在疯狂地舔吮着乱石。

这的确是一座岛屿了。

于是他回家,回到弗劳拉身边。她半是内疚半是惧怕地看着他,但她神秘莫测的目光亦因着得意而闪闪发亮。他再次显得温柔起来,他珍视她,甚至又想要她,那种欲望竟是如此奇特,近乎牙疼。于是他带她到大陆上,他们结了婚,因为她就要为他生个孩子了。

他们回到岛上。她依然给他送饭,也把自己的饭一起带过来,并坐下跟他一起就餐。他决意要这样的。那寡妇母亲愿意留在厨房吃。弗劳拉就宿在他宅子里的客房中,做他住宅的女主人。

他的欲望,不管算不算,终归是以厌恶结束。孩子还有几个月才出生。他的岛屿令他反感,俗气得像乡下。他自己则已经失去了自身全部的优良品质。时光一周又一周过去,他就像在监狱中度过,很感屈辱。但他撑了下来,直到孩子出生。

随之他筹划着逃跑,对此弗劳拉甚至一无所知。

保姆来了,同他们一桌吃饭。医生有时来看看,如果碰到海上有风暴,也得留宿。这人很爱喝上几杯威士忌。

他们俨然是戈尔德斯格林①镇上的一对年轻夫妇一般。

女儿终于出生了。做父亲的看着孩子,沮丧到了极点。这磨盘算是给他套上了。但他试图掩饰自己的感受。弗劳拉是不知道他想什么的。她身体恢复过来之后仍然面带快乐的微笑,显得机智又得意。随之她又开始以隐忍不禁、暗含挑逗的目光看他了。她就是如此地爱慕他。

这一点让他受不了。他告诉她他要出去一段时间。她听后哭了,不过她认为她拥有了他。他告诉她,他已经将他财产的一大部分算在了她名下,为她写明能从中获得多少收入。她对此几乎置若罔闻,只顾用那种沉重、敬慕、冒失的眼光看着他。他给了她一本支票簿,把该给她的钱都存

---

① 指当年伦敦北部郊区的中产阶级小镇,现在已经成了繁华地带。

上了。这的确引起了她的兴趣。他还告诉她,如果她厌倦了这座岛屿,她可以选择任何地方为家。

她棕色的眼中透着那种痛苦的目光,目不转睛地看着他离去,可他甚至没有看到她哭泣。

他一直向北而去,为他的第三座岛做准备。

第三座岛

这第三座岛很快就收拾得能住人了。他雇了两个男人用水泥和采自沙滩上的巨大鹅卵石给他盖了一间小屋,屋顶铺的是波纹铁。他用船运来了一张床,一张桌子,三把椅子,一座漂亮的衣柜,还有几本书;还储备了煤、煤油和食物,不过他需要的很少。

这座房子就建在他登陆的那片铺满鹅卵石的平缓沙滩附近,他就把他的小船泊在沙滩上。在一个阳光明媚的八月天里,男人们乘船离他而去。大海一派平静,海水呈现出淡蓝色。他看到海平线上邮船缓缓地朝北面驶去,如同走路一样。这艘船每两周给外岛送一次邮件。需要时,他会划船去找邮船,只要海面平静。他还可以利用屋子后面的旗杆向邮船发信号召唤它。

岛上留了五六只羊给他做伴儿,还有一只猫绕膝。在这北方明媚的八月天里,他会穿过乱石堆和这小小领地的湿泥炭地,来到奔腾不息的海边。他观察每一片树叶,看它是否有别于其他树叶,看那无边无际的海藻在海水中起伏荡漾。压根儿没有一棵树,甚至没有一丛石楠需要他保护。只有这石炭地,石炭地上弱小的植物,池塘边的白菖和大洋里的海藻。他高兴,他不需要树木或灌木丛,因为它们像人一样矗立着,过于自负了。淡蓝色的海水中,他这座荒芜缓斜的岛是他唯一所求。

他不再写他的那本书了,对此早就没了兴趣。他愿意坐在岛上稍高的地方,看海。不看别的,只看这淡淡的、平静的海;同时感受自己的头脑柔化、朦胧,如这朦胧的海面。有时,他会产生蜃景的幻觉,看到陆地的阴影颤抖着向北边升起。那是远方的一座大岛,可就是显得不那么实在。

察觉到附近的海面上来了邮船,他几乎吃了一惊,他的心因着惧怕而紧缩起来,生怕它会停下来干扰他。他焦虑地看着它离去,直到它驶出视线,他才真正感到松了口气,又镇定下来。等待人的靠近时那种紧张实在残酷。他并不想让谁接近他,不想听到声音。他无意中跟猫说句话,都会被自己的声音吓着。他为此责备自己打破了这非凡的寂静。一旦他的猫向上看着他,发出喵的一声轻轻哀叫,他都会恼火。他冲它皱皱眉头,它懂这个意思。于是,它在石头堆里疯狂地蹿来蹿去,可能是在捉鱼吧。

他最讨厌的就是这群羊中有一只羊张开嘴巴哑着嗓子乱叫。他看着它,它也抬起头用可恶粗野的眼神儿看着他。他开始极端不喜欢这群羊了。

他只想倾听大海的呢喃和水鸟的尖叫,这是另一个世界向他发出的叫声。而他最喜欢的还是这里空前绝后的寂静。

他决意不要这些羊了,只等船一到就不要它们了。它们现在对他已经习惯了,就那么站立着,用黄色或无色的眼睛目空一切地盯着他,那眼神几乎透着冷漠的嘲讽。它们让人觉得粗鄙,他太讨厌它们了。它们连蹦带跳地下了石堆,蹄子重重地在干燥的地上踢腾,宽宽的脊背上羊毛飘荡着,这副样子让他感到厌恶,觉得它们卑鄙。

明媚的天气过去了,开始天天下雨。他经常懒在床上倾听雨水从房顶上流到锌皮桶里去,透过敞开的门看雨,看黑乎乎的石头和朦胧的海。岛上现在有许多的水鸟,各种各样的海鸟,构成了另一个生命的世界。其中有许多鸟儿他以前从来都没有见过。随之旧的冲动在他身上复萌,他要找书来查查它们的名字。在这种看到什么就要知道其名称的冲动的刹那,他甚至决定摇船去找那艘汽艇。这些鸟儿的名字!他非得知道它们的名字不可,否则他就算跟它们失之交臂了,它们在他眼中就算不得活物。

但这欲望离他而去了,他只是看着鸟儿们在他身边盘旋或打转,眼神迷离地看着它们,分不清哪只是哪只。所有的兴趣都离他而去了。只有一只鸟儿特别,那是一只巨大的黄鸟,前前后后、后前前前地在他的小屋敞开的门前徘徊,似乎肩负着什么使命。这只鸟儿个儿很大,羽毛呈珍珠灰色,浑身圆滚滚的,光滑可爱如同一颗珍珠。不过,它收敛的翅膀掩映着些许黑点儿,还有在紧闭的黑色羽毛上点缀着三个鲜明的白点儿,组成一幅图形。岛民感到十分好奇,这来自远方寒冷海域的鸟儿身上为何有这等装饰。鸟儿前前后后,后后前前地在小屋前甩着淡金色的爪子踱步,淡黄色的嘴巴高高翘起,嘴巴尖呈钩状,模样儿奇特又面露某种陌生的庄严,叫岛民很是纳闷儿。它带有某种兆头,某种意义。

以后这鸟儿就不再来了。随之,这座布满了海鸟,到处扑闪着鸟翅,回荡着翅膀飞舞和鸟儿惊恐叫声的岛屿开始再次变得荒凉起来。它们不再像一个个活生生的人那样蹲在石头上和泥炭地上摇头晃脑,很少飞起来到他的脚边上。它们不再跑过泥炭地上的羊群,用低垂的翅膀支撑起自己的身子。巨大的鸟群消失了。但总还是有一些鸟儿留了下来。

天变短了,世界变得可怕起来。一天,那船来了,似乎突然间从天而降。岛民因此觉得受了冒犯。跟那两个衣着寒碜的男人说话跟受折磨没什么两样。他们之间的那种熟络劲儿令他反感。至于他自己,他衣着整洁,他的小屋也洁净整齐。他讨厌任何人来打扰他。那两个渔民笨拙寒碜,步履沉重,实在让他反感。

· 爱岛的男人 ·

他们带来的信,他拆都没拆就让它们躺在一只小盒子里。其中一只信封里装的是他的钱。连拆开那个信封都令他不忍。因为任何一种接触都让他厌恶,甚至阅读信封上他的名字。他干脆把信藏了起来。

手忙脚乱、忐忑不安地抓羊、捆羊并将它们装上船,一通折腾下来,让他对所有的动物都厌恶至极。是何等讨厌的神造出了动物和浑身恶臭的男人呢?他的鼻子闻得出,这些渔民和羊一样浑身恶臭,是新鲜的土地上的肮脏之物。

船最终扬起风帆,在平静的海面上渐渐离去时,他仍然感到神经备受折磨。几天之后,一想到羊的咀嚼声,他就感到恶心。

暗无天日的冬季渐渐到来。有时一天里天都不亮。他感到病病歪歪的,似乎在融化,似乎他已命中注定要融化了似的。一切都是黄昏,无论室外,还是他心中。一次,他走到门边,发现人们在他的海湾里游泳,水面上布满了黑脑袋。一时间他感到头晕目眩。是这种震惊造成的,他害怕不期而遇的人接近他。黄昏中的恐惧!这种震惊几乎毁了他,令他魂飞魄散,他这才意识到那些黑黑的东西是海豹的头在海面上浮动。他松了口气,但感到恶心。这场震惊之后,他几乎昏迷了过去。然后,他坐在那里哭了,那些不是人的脑袋,他为此感到庆幸。不过他压根儿没有意识到自己哭了,因为他过于迟钝了,就像外星上的奇怪动物一样,他再也不清楚自己在干什么了。

他只是从孤独中获得满足,绝对的孤独将自己同宇宙融为一体。灰蒙蒙的海是孤独的,那为海水冲刷着的岛上立足点也是孤独的。没有别的联系,任何人类的恐怖都与他没有干系。只有空间,潮湿、晦暗、被海水冲刷的空间!这是他灵魂的食粮。

正因此,一遇风急浪高之日,他就最为开心。什么也拿他没办法,外部世界中什么也不能触动他。不错,狂烈的风暴令他吃尽苦头。可与此同时,它也为他把这个世界涤荡得干干净净。因此他总是喜欢大海波涛汹涌。那样就没有船来找他的麻烦。风暴和海浪就像海岛四周建起的永久壁垒。

他忘记了时间,再也不想打开书本了。印刷物和印刷的字体是那么像腐朽的话语,看上去十分淫秽。他扯下了煤油灯上的铜标签,不让他的小屋里有任何一点文字的东西。

他的猫没了,这反倒让他高兴。一听到它那细声细气冒冒失失的叫声,他就浑身发颤。这只猫一直住在煤棚子里。每天早晨他都给它送上一盘粥,跟他自己吃的一样多。他洗它的盘子时禁不住恶心。他不喜欢它到处乱滚。可他还是耐心地喂它。但有一天它没有来吃粥,它可是一直喵喵叫着要粥喝的。从此它再也没回来。

他冒着雨在岛上徘徊,身着宽大的油布雨衣,不知道自己在看什么,也不知道自己出来看什么来了。时光停滞了。他站了很久,轮廓分明苍白的脸上,一双目力尖锐的蓝眼睛凝视着晦暗的天空下晦暗的大海,目光热切甚至残忍。如果他看到寒冷的海面上一艘渔船上展开的风帆,他的脸上会露出奇特刻毒的愤怒表情。

有时他会生病。他知道自己病了,因为他走起路来不禁蹒跚,说摔倒就摔倒。于是他停住脚步想想这是怎么一回事儿。随后他到储藏间里,取了麦乳精来吃,吃完他就又忘却了这些事,他不再铭记自己的感情。

天开始变长了。整个冬天里,天气一直比较温暖,只是多雨,雨水过多了。这让他忘记了阳光。可突然间天气变得很冷,令他开始颤抖起来。他感到恐惧。天色阴沉,夜里天空中没有一颗星星。太冷了。越来越多的鸟儿飞到岛上来。岛上寒气刺骨。他颤抖着双手在壁炉里生上了火,他是给冻怕了。

天还是那么冷,一天又一天,冻得人麻木不仁,如同僵死一般。偶尔空中也飘起点儿细碎的雪糁儿来。天色晦暗,一天长似一天,可寒冷一天也没有缓和。连天光都呈现出冰冻的灰色来。鸟儿飞来又飞走。他看到地上有一些冻死的鸟尸。似乎一切生命都退缩了,萎靡了,从北方缩到南方。"很快,"他自言自语道,"一切都会消失,这片地带什么也活不了。"想到此,他感到一阵残忍的满足。

这之后的一个晚上似乎情形有所缓解,他睡得好些了,没再睡着睡着颤抖起来,半睡半醒中浑身扭动。他已经习惯于自己的身体震颤扭动了,对此已经毫不在意了。睡安稳了,倒让他在意起来。

早晨醒来,他感到天光白得奇特。窗户被雪遮住了。他起来,打开门,浑身一激灵。嚯,好冷!大地一片白茫茫,海面则是一片晦暗,黑色的礁石上点缀着白雪片片,看上去怪模怪样的。海上的泡沫不再纯洁,看着脏乎乎的。海水在吞噬着尸体样的白色陆地,凌乱的雪堵塞着死一样的空气。

陆地上的雪有一英尺深,洁白、光滑而柔软,雪面上没有一丝风的痕迹。他操起一把铁锹清理房屋和棚子四周的积雪。晨曦渐渐变暗。冰冻的空气中,远方响起奇怪的雷鸣,一道晦暗的闪电穿过漫天的飞雪。雪在平缓地飘飘洒洒着,看似无声无息,无影无踪。

他出去了几分钟,走起来很困难。他一个趔趄摔到雪地上,脸感到钻心的疼痛。虚弱晕眩的他,总算挣扎着回了家。清醒过来之后,他又努着劲儿去煮牛奶喝。

雪一直下个不停。下午,天上又响起了隆隆的闷雷声,闪电在飘洒的雪花中闪着微微的红光。他感到不适,便上床躺着,大睁着眼睛,却不知在看什么。

早晨似乎永远也不会到来。他躺在床上等了

很久,等待夜空中出现晨曦。最终,天空中总算露出些惨白,他的屋子像一间被微光映亮的小小牢房。他意识到,雪已经堵住了他的窗户。他在冰冷中起来,打开门,发现凝重的雪已经堆了他胸口那么高。看看雪堆的顶端,他能感到死气沉沉的风在缓缓地吹动,雪粒儿被风卷起,如送葬的列车一样移动着。黑乎乎的海水搅动着,狂吼着,似乎要吞噬这雪,但对此无能为力。天空一片灰蒙蒙,但泛着微光。

他开始疯狂地努力要到他的船上去。如果他被堵在屋里,那定是他自己的选择而不是大自然的力量使然。他必须到海上去,必须到他的船上去。

可是他身体正虚弱,有时他会被雪所战胜。雪落在他身上,他埋在雪中,生气全无。但是每一次他都能在关键时刻活着站起来,随之又在高烧中倒在雪地上。他精疲力竭,但决不屈服。他爬进屋里,煮了咖啡,烤了咸肉吃。他已经好久没做这么多吃的了。然后他再到雪地中去。他一定要战胜这大雪,战胜这种聚集多时与他作对的新生的残忍势力。

他在这可怕的风中劳作,把雪推到一边,用铁锹拍实。雪在风中变得冰冷坚硬,尽管太阳露了一下脸。阳光照亮了他周围白皑皑毫无生气的世界,黑乎乎的海面上浪涛沉郁地翻滚着,海平面上散落着黯淡的泡沫。不过太阳还是让他的脸感到了温暖。这已经是三月份了。

他来到了船边。他把雪推到一边去,坐在它背风的一面看海,海浪几乎要涌到他的脚边上。在整个世界都看似不可思议的时候,这些鹅卵石却显得出奇地自然。阳光不再闪烁,雪成片成片地落下,一经落到那坚硬的黑色海面上即刻神秘地融化了。海浪嘶鸣着,冲刷着鹅卵石海滩,冲向陆地上的白雪。湿淋淋的礁石黑乎乎的,看上去很是野蛮。纷纷扬扬的、魔鬼般的雪片落到黑暗的海面上,落下来又消失了。

夜里袭来了一场风暴。他觉得自己能听到那铺天盖地的风雪一刻不停地敲击着整个世界;风似空洞的枪弹在飕飕呼号,风声中会划过一道刺眼的闪电,随之会响起比风声更猛的雷鸣。黎明时分,黑暗的天空终于露出微熹,风暴也多少减缓了些。但是天上又刮起了劲风。雪都堆到他的门楣上了。

他沉郁地挖着雪想出来。他终于靠着坚韧出来了。他现在处于一堆好几英尺高的积雪后面。穿过来之后才发现这边的冻雪不过才两英尺厚。但他的岛屿消失了,其形状变得面目全非:本来不曾有过山的地方隆起了巨大的白色山包,高不可攀;雾气腾腾如同火山,可又没有齑粉飞落。他感到厌恶,没了力气。

他的船窝在较小的一堆雪中。可他就是没有力气清除它,只能无助地看着它。铁锹从他手中滑落,他陷进雪中,忘却一切。在雪中能听到大海的回声。

有什么东西让他清醒了过来。他爬回了自己的屋子。他几乎变得没有感觉了。但他还是挣扎着暖自己的身子,让歪倒在雪地中昏睡时的那半边身子烤烤火。随后他又煮了牛奶,喝下去,再生起火来。

风声小了。是不是又到了晚上?沉寂中,他似乎能听到大雪像豹子落地一样地下着。一道炫目的红色闪电闪过后,附近响起了一声炸雷。他躺在床上如同昏迷一般。自然的力量! 自然的力量!他心里麻木地重复着这句话。你无法斗得过大自然!

这样过了多久,他不知道。最终,他像个幻影一样出了门,爬上了他这座面目全非的岛上一座白山的山顶。阳光炽热。"到夏天了,"他自语道,"树该绿了。"他痴痴地俯瞰着这座令他陌生的岛屿,俯瞰着生气全无的荒凉海面。他幻想着自己看到了船影,因为他太明白在那片黑暗的海域上再也不会出现一条船了。

就在他看岛看海的当口,天空神秘地暗下来,冷下来。远处传来怨怼般的雷声,他明白这是大雪滚过海面的信号。他回到屋里,能够感到这股气息向他涌来。

D. H. 劳伦斯生平简历

一八八五年　九月十一日生于诺丁汉郡伊斯特伍德镇。

一九〇六年至一九〇八年　读大学师范课程,开始练笔,写诗和小说;着手写长篇处女作《白孔雀》。

一九〇八年至一九一一年　在伦敦郊区的自治市克罗伊顿一所小学教书。

一九〇九年　结识福特·麦多克斯·胡佛,得其赏识。开始在《英国评论》上发表诗歌和小说作品,从此进入伦敦文学圈子。创作《菊香》。

一九一一年　一月,《白孔雀》由海纳曼出版。肺病加重,几近病死。

一九一二年　二月,放弃教职并与露易解除婚约。三月,结识语言教授的德国妻子弗

|||里达·威克利,热恋,后私奔到德国。五月,《逾矩》出版。

一九一五年　与罗素过从甚密,策划联合讲演并组织反战党,后关系破裂。与默里合办杂志《签名》。九月,《虹》由麦修恩出版;十月底,遭禁。禁止离开英国。被迫参加征兵体检。贫病交加。劳氏的"噩梦时期"。

一九一九年　移居意大利卡普里和西西里。翻译意大利文学作品,修改许多未完成的作品,陆续出版。

一九二〇年　《恋爱中的女人》在纽约私人出版"征订本"。《迷途女》由塞克出版。动笔写作《精神分析与无意识》和《努恩先生》。与贝恩斯女士染情(其外貌为查泰莱夫人原型)。

一九二一年　《精神分析与无意识》由塞尔泽出版。游历撒丁岛,出版《大海与撒丁岛》(塞尔泽)。写作《无意识断想》。

一九二二年　《亚伦的神杖》《无意识断想》由塞

尔泽出版。翻译乔万尼·维尔迦的作品。赴锡兰和澳大利亚。在悉尼附近的小镇上写作《袋鼠》。九月,(应梅贝尔·卢汉之邀)赴新墨西哥,住在陶斯农场。重写《美国经典文学研究》。

一九二三年　《袋鼠》由塞克出版。《美国经典文学研究》、译作《堂·杰苏阿多师傅》由塞尔泽出版。出版诗集《鸟·兽·花》。

一九二四年　《林中青年》由塞克出版。夏天写作一批以墨西哥为背景的小说与散文,如《公主》《骑马出走的女人》和《墨西哥清晨》。

一九二五年　译作《西西里小说》由塞尔泽出版。《羽蛇》杀青,病重,诊断为肺结核。康复后回英国一个月,再次来到意大利,写作《太阳》。

一九二六年　夏末最后一次回英国。回意大利后着手写《查泰莱夫人的情人》。与赫胥黎夫妇友情甚笃。开始作画。

一九二七年　《查泰莱夫人的情人》二稿。写作《伊特鲁里亚各地素描》。《墨西哥清晨》由塞克出版。

一九二八年　《查泰莱夫人的情人》出版,遭攻击、盗版、查禁。《三色紫罗兰》被查禁。在华伦美术馆举办画展,遭警察搜查。写作《启示录》和《最后的诗》。

一九三〇年　二月,入旺斯一家疗养院。三月二日逝世,四日入葬。

主要作品表

《白孔雀》

《儿子与情人》

《虹》

《恋爱中的女人》

《迷途女》

《袋鼠》

《羽蛇》

《查泰莱夫人的情人》

《看,我们闯过来了!》(诗集)

《鸟·兽·花》(诗集)

《三色紫罗兰》(诗集)

《最后的诗》

《美国经典文学研究》

《哈代论》

《蜂鸟文丛》

第一辑（按作者生年排序）

苹果树	〔英〕约翰·高尔斯华绥
一个陌生女人的来信	〔奥地利〕斯蒂芬·茨威格
奥兰多	〔英〕弗吉尼亚·吴尔夫
熊	〔美〕威廉·福克纳
乞力马扎罗山上的雪	〔美〕欧内斯特·海明威
文字生涯	〔法〕让-保尔·萨特
局外人	〔法〕阿尔贝·加缪
我的包着红头巾的小白杨	〔吉尔吉斯斯坦〕钦吉斯·艾特玛托夫
饲养	〔日〕大江健三郎
夜半撞车	〔法〕帕特里克·莫迪亚诺

第二辑（按作者生年排序）

野兽的烙印	〔英〕约瑟夫·鲁德亚德·吉卜林
地粮	〔法〕安德烈·纪德
米佳的爱情	〔俄〕伊万·布宁
都柏林人	〔爱尔兰〕詹姆斯·乔伊斯
乡村医生	〔奥地利〕弗兰茨·卡夫卡
蜜月	〔英〕凯瑟琳·曼斯菲尔德
印象与风景	〔西班牙〕费德里科·加西亚·洛尔迦
被束缚的人	〔奥地利〕伊尔泽·艾兴格尔
孩子，你别哭	〔肯尼亚〕恩古吉·瓦·提安哥
他和他的人	〔南非〕J.M. 库切

第三辑（按作者生年排序）

黑暗的心	〔英〕约瑟夫·康拉德
啊，拓荒者！	〔美〕薇拉·凯瑟
人的境遇	〔法〕安德烈·马尔罗
爱岛的男人	〔英〕D. H. 劳伦斯
竹林中	〔日〕芥川龙之介
动物农场	〔英〕乔治·奥威尔
夜里老鼠们要睡觉	〔德〕沃尔夫冈·博尔歇特
车夫，挥鞭！	〔法〕达尼埃尔·布朗热
沉睡的人	〔法〕乔治·佩雷克
火与冰的故事集	〔英〕A.S. 拜厄特